LIU CIXIN
CHUANGZUO NIANPU

刘慈欣创作年谱
1999—2022

刘慈欣文学院　编著

山西出版传媒集团　北岳文艺出版社
·太原·

前言

　　给时光以生命，给岁月以文明。刘慈欣用30年的时间赋予了中国科幻文学新的生命，其作品也用全新的视角诠释了人类与宇宙之间的文明。截至2022年，他发表的作品已达400万字，包括7部长篇小说及近40部中短篇小说，在世界范围内共出版各类版本图书超过200种，荣获世界科幻文学领域最高奖项雨果奖，为亚洲人首次获奖。《三体》三部曲被普遍认为是中国科幻文学里程碑之作，将中国科幻文学提升到世界水平。《三体》《流浪地球》等作品的影视化改编，不仅带动了中国青少年的科幻热，更是带动了中国科幻电影、电视剧、动漫等产业的发展。刘慈欣凭一己之力，创造出具有中国特色的科幻文学样式。

　　本书收集了刘慈欣从1999到2022年发表的所有科幻文学作品，内容以作品发表时间为经，以作品概述短评为纬，既体现了其创作历程，又提炼了各个时期的创作风格，且涉及所获奖项、相关媒体报道及评论文章，图文并茂，力求多维度、多角度展示刘慈欣科幻文学作品的整体脉络。

　　本书内容共分为五部分，即人物简介、作品年表、获奖概况、作品选集和活动日志。作品年表部分以作品发表时间为序，并配以相关书籍封面、发表时间、出版社、内容简介、短评及漫画、影视化改编等,力求全方位展示,方便读者快速、全面地了解作品。获奖概况部分以时间轴的形式,清晰地展示出刘慈欣所获国内外重要奖项,并配有奖杯、奖状等相关图片。作品选集部分为"个人作品集""收录作品集"和"访谈/评论随笔集"三部分。"个人作品集"主要为刘慈欣的各种版本长篇小说、中短篇小说集及作品漫画集;"收录作品集"主要为收录刘慈欣科幻文学作品的相关书籍,均配以书籍封面,标注了所载作品、发表时间及出版社;"访谈/评论随笔集"为刘慈欣访谈、评论随笔和研究、评论刘慈欣科幻文学作品的书籍。活动日志部分采用倒序的方法,记录刘慈欣2022年以前所参与的活动及媒体报道,并配以相关照片。

刘慈欣的科幻世界丰富而宏大,他用自己的作品构建了一个浩瀚宇宙。作为一本客观、严肃的创作年谱,全书史料翔实,考证严密,希望《刘慈欣创作年谱(1999—2022)》的出版,能让广大读者更加了解刘慈欣,了解科幻文学。

目录

第一章　人物简介　——— 01

第二章　作品年表　——— 07

　一　长篇小说

魔鬼积木	08	三体	18
超新星纪元	11	三体·黑暗森林	24
当恐龙遇上蚂蚁	13	三体·死神永生	28
球状闪电	16		

　二　中短篇小说

鲸歌	41	全频带阻塞干扰	62
微观尽头	42	信使	64
宇宙坍缩	43	混沌蝴蝶	66
带上她的眼睛	44	西洋	68
地火	46	中国太阳	70
流浪地球	48	梦之海	72
乡村教师	56	朝闻道	74
微纪元	58	吞食者	76
纤维	60	诗云	78
命运	61	光荣与梦想	80

地球大炮	82	时间移民	104
思想者	84	海水高山	106
圆圆的肥皂泡	86	圆	108
镜子	88	不能共存的节日	110
赡养上帝	90	黄金原野	112
欢乐颂	92	烧火工	114
赡养人类	94		
山	96	三 科幻专题文章	
月夜	98	文明的反向扩张	116
2018年4月1日	100	远航！远航！	120
人生	101	重返伊甸园	
太原之恋	102	——科幻创作十年回顾	124

第三章　获奖概况 —— 131

第四章　作品选集 —— 153

第五章　活动日志 —— 231

后　记　264

第一章　人物简介

中学时期

大学时期

工作早期

工作时期

刘慈欣肖像照

刘慈欣

刘慈欣，1963年6月23日出生于北京，祖籍河南省罗山县，山西阳泉人。

幼年时，刘慈欣随父母来到山西阳泉。1971年9月至1976年7月，就读于阳泉市矿务局三矿小学（现阳泉市矿区赛鱼小学校）。他从小热爱阅读，莎士比亚的《哈姆雷特》、托尔斯泰的《战争与和平》等经典著作对少年刘慈欣影响甚深。特别是儒勒·凡尔纳的科幻小说《地心游记》，为他打开了科幻文学的大门，激发了他对于科幻文学的热爱。1976年9月—1981年7月，中学时代分别就读于阳泉市矿务局三矿中学、阳泉市第一中学校。刘慈欣在刻苦学习、努力掌握科学文化知识的同时，还广泛阅读了《海底两万里》《阿瑟·克拉克至高科幻经典》《银河帝国·基地七部曲》《2001：太空奥德赛》等众多经典科幻名著。这些作品，不仅让他成为科学迷，还使他走上了科幻文学的创作道路。多次被评为"三好学生"的刘慈欣，于1981年9月以优异的成绩考入了华北水利水电学院水利系，攻读水利水电工程建筑专业。大学时代，科幻文学几乎填满了他学习之外的全部时光。

1985年7月，刘慈欣本科毕业。10月，被分配到了山西娘子关发电厂工作。期间，曾完成填补国家空白的"火力发电燃料计算机管理"项目，并研制出多款火力发电管理软件，多次获得专业技术标兵称号及专业竞赛奖项。1999年1月，经山西电力工业局审批，刘慈欣获高级工程师职称。在忙碌的工作之余，他始终坚持阅读和写作。1999年6月，刘慈欣在《科幻世界》第6期首次发表短篇小说《鲸歌》《微观尽头》。同年，还陆续发表两篇作品，其中短篇小说《带上她的眼睛》获第十一届中国科幻银河奖一等奖。之后，又凭借《流浪地球》《乡村教师》《赡养人类》等多部作品蝉联1999年—2006年中国科幻小说银河奖，成为中国唯一一个连续八年获得银河奖的科幻小说家。2002年9月，首部长篇小说《魔鬼积木》由福建少年儿童出版社出版。2006年，长篇科幻小说《三体》在《科幻世界》第5—12期连载。同年12月，加入阳泉市作家协会。2007年4月，加入山西省作家协会。2009年5月，成为山西文学院签约作家。2010年9月，长篇小说《超新星纪元》

人物简介

获 2007—2009 年度赵树理文学奖·儿童文学奖。2011 年 10 月，当选阳泉市作家协会第四届副主席。2012 年 6 月，加入中国作家协会。2013 年 7 月，长篇小说《三体·死神永生》获第九届全国优秀儿童文学奖科幻文学奖。

2014 年 6 月，刘慈欣正式调入阳泉市文联下属事业单位阳泉市文学艺术创作研究室，专门从事文学创作，后经事业单位改革，现为刘慈欣文学院专业作家。2016 年 3 月，增选为山西省作家协会第六届副主席；11 月，当选中国作家协会第九届全委会委员。2018 年，发表短篇小说《黄金原野》。2018 年 11 月，刘慈欣被授予克拉克想象力服务社会奖。2019 年，刘慈欣作品改编的电影《流浪地球》和《疯狂的外星人》上映，开启了中国科幻电影新纪元；4 月，当选山西省作家协会第七届副主席。2020 年 7 月，任文学创作一级专业技术职务；9 月，被聘为刘慈欣文学院终身名誉院长。2021 年 12 月，当选中国作家协会第十届全国委员会主席团委员。2022 年 3 月，任中国作家协会第十届科幻文学委员会主任，成为中国科幻文学的领军人物；9 月，被聘为阳泉市文联第五届名誉主席。2023 年，根据《三体》改编的电视剧，在央视八套热播；刘慈欣参与策划、监制的电影《流浪地球 2》热映，在世界科幻影视领域掀起了一场"中国风暴"。

据统计，截至 2022 年底，刘慈欣已发表作品约 400 万字，包括 7 部长篇小说及近 40 部中短篇小说，在世界范围内共出版各类版本图书超过 200 种，涉及英语、法语、俄语、日语、德语、捷克语、西班牙语等 30 个语种的版本，多次刷新我国当代文学海外销量纪录。其代表作有长篇小说《超新星纪元》《球状闪电》《三体》三部曲等，中短篇小说《流浪地球》《乡村教师》《朝闻道》《全频带阻塞干扰》等。其中，长篇小说《三体》于 2015 年 8 月获第 73 届世界科幻大会颁发的雨果奖最佳长篇小说奖，为亚洲人首次获得该奖项。这部作品还获得美国轨迹奖最佳长篇科幻小说奖、第 51 届日本星云奖海外长篇小说部门奖等多项国际国内大奖。《三体》三部曲被普遍认为是中国科幻文学的里程碑之作，将中国科幻文学推上了世界的高度。

第二章　作品年表

刘慈欣创作年谱（1999—2022）

魔鬼积木

《魔鬼积木》
福建少年儿童出版社
2002年9月

在得克萨斯州的荒原上，奥拉博士的女儿———一名大通讯社记者，由于惊惧导致过激神经反应引起心室震颤而死，负责案件的警长通过案发现场周围的痕迹找到了"凶手"的位置。在阴暗的下水道里，"凶手"蛇人吐出一个凄厉尖锐的"死"字，博士微微回头对着黑暗说道："是的，2904号，死，没有别的选择，你是废品。"

地面上，以菲利克斯将军为首的军队已经抵达，对警长做了一些保密的交代，然后和奥拉博士一起看着发生的一切，低声问道："事情怎么会这样？"

这要从十六年前说起……

十六年前的一次晚宴上，年轻的菲利克斯结识了遗传科学家奥拉博士。

奥拉博士带菲利克斯将军参观了他的基因工程实验室，通过对物种进行基因组合，从而制造出新的改良物种。在后续的交流中，两个人都表露了自己的抱负：军界的菲利克斯担心如今的美国文化有太多消磨年轻人意志的东西，现在和平主义的盛行，已成为一种公害，美国军人比越战时期更难以面对自己的敌人和伤亡。如何将科技转化为军人的斗志才是他的目的。奥拉博士则因自己是来自非洲桑比亚的黑人，遭受过肤色的歧视，他有一种强烈的平等意识，不仅是不同人种之间的平等，更是所有生物的平等，他的思想后来发展成"物种共产主义"。他秘密将人类基因同其他物种基因混合，企图创造新的物种。这在大多数人看来是大逆不道的行为，但却得到了菲利克斯的支持。

《波斯湾飞马》
中国大地出版社
2001年9月

《天使时代》
《科幻世界》
2002年第6期

于是，两人一起参与秘密计划"创世工程"，各自拿出一根自己的头发，从中提取细胞进行培养，之后所有的人造生物，都带着他们的基因。

"创世工程"先后建设了三个基地，每个基地中诞生的物种都拥有更高比例的人类基因。在经历1、2号基地无数的废品之后，3号基地一批人类基因高达95%的改造人诞生，他们的外表与人类完全相同，却更敏捷、凶猛、冷酷、狡猾、忠诚。他们将成长为人类历史上最出色的战士。

在历时十六年的"创世工程"即将结束时，一场改变一切的事件发生了。

菲利克斯与奥拉博士的观念无法协调，为了掩盖3号基地的新物种，菲利克斯将1号和2号基地的组合体全部抹杀。奥拉博士"生物平等"的信仰遭到了践踏，鼓动上万基地的组合体发动暴乱。

2号基地的围剿十分惨烈，美军甚至出动一个师的兵力动用各种先进武器大开杀戒。各种组合体马人、蛇人、狮人、壁虎人倾巢出动，拼死反抗，却很难逃出生天，其中一个蛇人就是开篇吓死奥拉女儿的怪物。这个蛇人原本想联系到奥拉的女儿，作为记者可以帮助他们将"创世工程"公布于众，却没想到害了她。

漏网的蜥蜴人组合体使得"创世工程"成为一个爆炸性新闻。菲利克斯利用蜘蛛人刺杀奥拉的计划也以失败告终。彻底寒心的奥拉博士带着3号基地培养的一批胚胎逃回了祖国桑

《天使时代》
法语封面

比亚,在那里,他得到了"物种共产主义"的帮助和支持,继续完善基因改造,并培养了一支改造人军队。

菲利克斯知道后大发雷霆,出动"林肯号"航母战斗群,企图一举消灭桑比亚。虽然双方军事实力悬殊,但菲利克斯一直担忧一个潜在的危险——奥拉带走的三万个组合体。决战前,奥拉试图劝说菲利克斯撤走美国军队,但自负的美国人并不放在眼里。

清晨,海岸出现了三万的银翼飞人,这些便是奥拉博士从3号基地带走的、用桑比亚妇女子宫培养出来的变种人,他们向舰队扑来。

黄昏,"林肯"号航母被炸沉,菲利克斯将军与舰队一起沉没。在那块土地上,飞人群正在夕阳中盘旋。

这篇小说与《波斯湾飞马》《天使时代》在内容上大致类似,都讲述了基因工程给人类社会带来的影响。小说将这一技术放在战争背景下,基于现实又充满想象。"积木"一词形象体现了基因的重组搭建,有种西方恐怖灾难电影的感觉。作品结尾盘旋的"飞人"究竟是魔鬼还是天使呢?作者没有给出确切答案,每个人都有自己的立场,难定正邪。在作者看来,应对灾难的根本手段应该是科学技术的发展。

超新星纪元

作家出版社
2003年1月

红狐文化出品
2003年8月

重庆出版社
2009年4月

  宇宙中一颗超新星突然爆发，引起一系列几乎是毁灭性的灾难。爆炸产生的巨大超能辐射持续了一周之久，人类细胞的染色体被彻底破坏，普遍染上了辐射病，在未来10个月到1年后，人类将会不可避免地迅速衰老死去。但同时，大家惊讶地发现，13岁以下的孩子根本没有任何症状，染色体受到的损伤是可以自行修复的。也就是说，13岁以上的人类将会全部消亡。地球将在不久的未来，变成孩子的世界。

  在不可逆转的现实面前，成年人开始面对死亡，思考孩子们的未来。在最后的一年中，成人把自己掌握的知识和生活经验，毫无保留地传授给了孩子。一年后，全世界发生了翻天覆地的变化，世界上真的只剩下了孩子。经过短暂的混乱后，"悬空时代"结束了，孩子们开始重新让世界变得有序，并开启了超新星纪元第一次全国大会。在超级计算机"大量子"和信息网络的帮助下，孩子们克服了重重困难，超新星纪元有了新的秩序，并一致通过了"建立好玩的国家"的决议。随后经历了糖城时期、深睡时期等几个历史时期。经过稳定期后，国家之间开始产生矛盾，孩子们也开始掌握越来越多的武力，使用成人留下来的各种武器，因此爆发了大规模的战争。战争迅速蔓延开来，就像玩游戏一样，变得一发不可收拾。当一切变得无所顾忌时，手段也越来越令人发指，甚至动用了核武器。他们把战争当游戏，把武器当玩具，漠视生命，不管不顾。战争结束后，孩子们依然没有停止对玩的渴望，他们竟然想到了新的玩法——交换国土。一切似乎已经结束，一切似乎又重新开始……

刘慈欣创作年谱（1999—2022）

《超新星纪元》
俄语封面

《超新星纪元》
波兰语封面

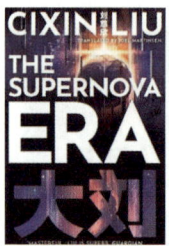
《超新星纪元》
英语封面

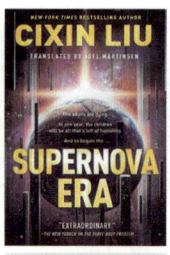
《超新星纪元》
英语封面

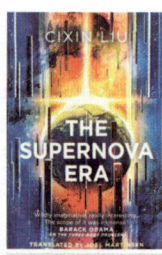
《超新星纪元》
英语封面

《超新星纪元》
西班牙语封面

小说介于童话和科幻之间，童话里没有清晰的好坏之分，没有善与恶的较量，没有美好，没有期待，用科幻的想象，探讨一个十分严肃的话题：人类的延续，人类的未来。当摒弃成人的思维方式，用孩子的视角去衡量这个世界，究竟会是什么结果？成熟的思维和幼稚的思维究竟会有什么样的差异？作者提出了一种可能，并将这种可能用自己的思维展示了出来。超新星纪元里将孩子变成了"大人"，却又永远留在了孩子的世界里，这种冲突，本质上就是疯狂的，违反常规的，逆向发展的。随着不断地深入，也越来越揭示出人之初的本性，恶意和纯真，本源和探索，放纵之后的无约束，人类文明究竟是什么？宇宙文明究竟是什么？

作者天马行空的想象力，和驾驭复杂结构的能力已经游刃有余，将极度空灵和厚重现实结合起来，同时注重表现科学的内涵和美感。正如作者所言：科幻不是一种消闲文学，甚至不仅仅是一种文学，她是一种信仰、一种生活方式，是人类创造美好未来宏大努力的一部分。《超新星纪元》的出版，标志着作者正式涉足更气势恢宏、想象绚丽的长篇创作，将信仰、生活方式、未来的美好一步步融合进了科幻文学里，由地球文明延伸到了宇宙文明，也逐步将中国的科幻文学推向一个个新高度。

当恐龙遇上蚂蚁

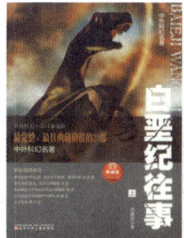
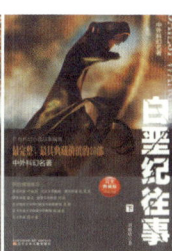

《当恐龙遇上蚂蚁》
北京少年儿童出版社
2004 年 6 月

《白垩纪往事》
《科幻大王》2004 年 9—11 期连载

辽宁少年儿童出版社
2012 年 2 月

  白垩纪晚期,地球上生活着恐龙和蚂蚁两个物种。恐龙缺少一双灵巧的手;蚂蚁灵巧,但没有丰富的思想。

  一天,蚁群帮助一只霸王龙剔牙,顺便饱餐了一顿。蚂蚁当起了医生,开始在恐龙体内大探险,为恐龙治疗各种各样的疾病。随着合作越来越默契,形成牙城和巨石城,两座城分别成为蚂蚁帝国和恐龙帝国的首都,龙蚁订立联盟。

  蚂蚁开始为恐龙写字,用文字与恐龙交流,恐龙新的科学和文化成果在蚂蚁世界传播。蚂蚁精细的操作技能进入恐龙世界的各个领域,蚂蚁成为恐龙灵巧的双手,推动文明照亮地球生命进化史。

  一千年后,进入蒸汽时代,蚂蚁和恐龙分别建立庞大的帝国。在一年一度的龙蚁峰会上,因宗教问题争论不休,龙蚁联盟破裂,第一次龙蚁大战爆发。蚂蚁用蚁球弹射器,击溃恐龙。恐龙对牙城发动进攻,一座座高楼被踏平。蚂蚁在巨石城中布满雷粒,引爆后,黑烟笼罩。他们在战争中都投入了全部力量,谁也无法在战场上取得绝对优势。五年后,双方停战谈判,第一次龙蚁大战结束,龙蚁联盟恢复。

  又过了一千年,白垩纪文明进入了信息时代。蚂蚁帝国建立蚂蚁联邦。恐龙帝国分裂成的冈瓦纳帝国、罗拉西亚帝国,不断发生战争。核时代的到来,让他们维持着针尖上的和平。恐龙数量不断增多,环境污染和核战争威胁日益严重,矛盾再次显现。为了地球文明的延续,

《当恐龙遇上蚂蚁》
波兰语封面

《当恐龙遇上蚂蚁》
英语封面

龙蚁峰会上，蚂蚁庄严宣言，为了地球文明的延续，要让恐龙帝国停止繁殖、关闭三分之二重工业、全面销毁核武器。恐龙帝国不以为意，蚂蚁大罢工。第二次龙蚁战争爆发，蚂蚁用雷粒烧毁恐龙的推土机，恐龙用轰炸机摧毁蚂蚁联邦中心城市。蚂蚁联邦带着一支医疗队前往恐龙帝国，为恐龙皇帝治病，表面示弱，实则想消灭恐龙，拯救文明。恐龙帝国的安全措施不断升级，蚂蚁联邦仍进行"断线行动"和"断脑行动"，在恐龙机器内部导线上安装变色雷粒，在恐龙大脑中安装雷粒，耳朵里安装窃听器。当窃听到"明月"和"海神"时，蚂蚁联邦首席科学家乔耶博士建议先搞清楚恐龙世界的秘密，再进行战争，但没有起到任何作用。随后，他的"叛逃"，让蚂蚁联邦提前引爆雷粒，恐龙帝国首领被消灭，恐龙世界陷入一片混乱。

恐龙世界发现反物质，正反物质湮灭产生的能量足以摧毁地球。两个恐龙帝国疯狂地将反物质运回地球，分别装载到"海神"号、"明月"号货轮，停靠在对手的港口。他们用超级武器威慑对方，形成终极威慑下的平衡。"明月"和"海神"都采用"负计时"引爆方法，需收到恐龙帝国首领发布引爆的信号才会引爆。为了生存，蚂蚁修复遥控站，准备发布信号。这时，两个太阳升起，地球上的一切都被湮灭……

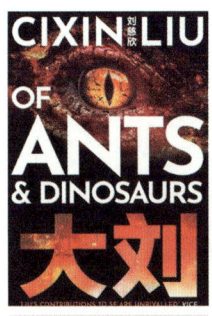
《当恐龙遇上蚂蚁》
英语封面

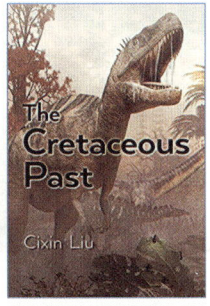
《白垩纪往事》
英语封面

这是一篇童话式的科幻小说,想象了体型巨大的恐龙与身形渺小的蚂蚁共同组建的文明究竟会如何发展。蚂蚁拥有灵巧的双手,恐龙拥有聪明的大脑,"脑""手"结合,文明快速发展。但是两个文明各占其一,都有自己的意志,这样的合作不会长久,会不可避免地产生利益冲突,互相的不信任和消耗累积的矛盾最终爆发,落得两败俱伤,乃至毁灭。

从这篇小说中可以看到,作者认为文明要持续发展,离不开合作共赢。想象力的开发和技术的发展同样重要。

球状闪电

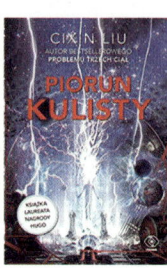

四川科学技术出版社
2004年7月

四川科学技术出版社
2004年7月

《球状闪电》
波兰语封面

《球状闪电》
意大利语封面

《球状闪电》
日语封面

　　一个雷雨之夜，蓝色的电光在天空断续闪烁，如珍珠般的雨滴密密麻麻地挂在窗前。又是一阵剧烈的闪电，这时，它来了！如一个轻盈的幽灵，穿墙而来，在头顶来回盘旋飘动，还带着奇怪的啸叫，如同"一个鬼魂在吹着埙"。一道炫目的强光之后，"我"的父母已被球状闪电变为灰烬，"我"内心受到极大震撼。"我"知道，从此之后，球状闪电将成为自己终生的探索目标。

　　机缘巧合下，"我"结识了林云。她是那么特殊、迷人，既是聪明美丽的科学家，也是理性果决的少校。她对武器研究拥有病态的迷恋和依赖，想要将球状闪电运用到武器中，这与亲眼见证过球状闪电威力的"我"，在理念上产生分歧。但在同样希望人工产生球状闪电的目标面前，"我们"还是一起进行研究。在西伯利亚，残酷的真相让"我"的信念一度崩塌：苏联曾耗费大量人力物力对球状闪电进行了长达三十年的研究，结果却是无功而返。心灰意冷的"我"退出项目组，与林云分道扬镳。

　　"我"以为自己可以就此回归普通人的生活，但林云的恋人江星辰找到并劝说"我"重返球状闪电研究项目，同时希望我帮助林云避免她因过度痴迷武器而造成危险。回归项目后，得益于新的研究思路，球状闪电被成功激发。之后，在天才科学家丁仪的帮助下，球状闪电之谜终于被破解。然而，在目睹球状闪电武器击杀了几十名无辜的小学生后，"我"难以接受，再次退出研究，却不曾想到，这是"我"和林云的最后一次相见。

　　不久，战争爆发。在丁仪的讲述中，"我"才得知，球状闪电武器在实战中的运用并没

作品年表 / 长篇小说

  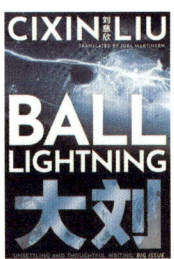 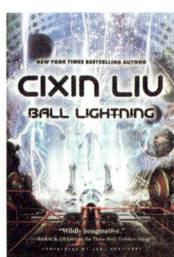 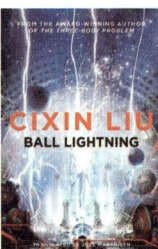

《球状闪电》德语封面　《球状闪电》(漫画版)法语封面　《球状闪电》英语封面　《球状闪电》英语封面　《球状闪电》英语封面

有取得成果,而这时的林云,已经处于失控边缘,她不顾反对开启了威力更大的宏聚变实验——一个巨大的、冰冷的"蓝太阳"升起在茫茫的戈壁滩上,蓝光之中,整个世界都变得陌生而怪异。战争结束了。

很久之后,"我"有了自己的家庭。那天,"我"突然闻到一阵清香,"我"知道,那是她身上的香水味。我轻声问,没有回应,只有一朵摇曳的蓝色玫瑰在向"我"微笑……

从现实中真实存在的球状闪电入手,作者用大胆的想象和细腻的笔触,创造出一个仿佛真实发生过的故事,一个精确鲜活的想象世界。他为球状闪电构建起一套别具浪漫主义的理论框架,在这个框架下,他将自己的想象力发挥到极致,"空泡""宏宇宙""量子玫瑰"……这些充满创造力的文字和描述让人惊叹。开篇球状闪电第一次出现的情节,以及最终宏聚变实验启动那壮阔的景象,都在作者逼真有力、细致朴实的文字下,如投影般在每个读者的脑海空间中化为真实,让你亲见证、体验书中所描述的丰富精彩的球状闪电世界。

本作以陈博士的视角展开叙述,但林云更像"第一主角",围绕球状闪电的几次重要情节只有她全部参与。林云是一个复杂的角色,一方面她信念坚定,做事果决,但坚硬厚重的外壳之下,亦有一颗柔软细腻的心。同时,她也极度偏执,特殊的童年经历让她对武器过度痴迷,为达目的甚至是"不择手段",这也注定了她"悲剧性"的结局。最终以生命为代价的"盛大退场",是对她最好的诠释。

三体

《科幻世界》
2006年
第5—12期连载

　　汪淼是一名纳米材料科学家，被军方委派潜入"科学边界"组织，探查多名科学家自杀的原因。一天，汪淼眼前突然出现了怪异的倒计时，他惊恐万分，找到"科学边界"成员申玉菲寻求解决办法。他听从申玉菲的建议，停下了纳米研究项目，眼前的倒计时消失了，却在更大维度上看到了倒计时——宇宙闪烁。处于崩溃边缘的汪淼在警官大史的鼓励下，重新振作起来，投入工作。为了探究原因，汪淼进入了《三体》游戏。在游戏中，汪淼看到了三体世界因三颗不规则运行的太阳而在一次次的灾难中毁灭又重生，文明也在艰难地发展。这个世界的人们致力于找到太阳运行的规律，解决三体问题。在游戏进行到人们终于发现三体问题不可解时，游戏结束了，并对玩家发出了参加三体组织线下聚会的邀请。

　　汪淼参加了这次聚会，并在会上见到了三体组织的领袖——叶文洁。在降临派和拯救派争论不休时，早已埋伏许久的军队冲入会场，将在场的三体组织人员逮捕。在后续的审讯中，叶文洁交代了红岸基地和地球三体组织的真相。

　　"文革"时期，叶文洁遭受了许多苦难，在艰难生存中被调入了红岸基地，心如死灰的她打算在这与世隔绝的地方度过余生。她凭借自己的能力，逐渐进入到红岸工程的核心，了解到这项工程的真实目的：探索外星文明。叶文洁在红岸基地一边工作，一边潜心搞自己的太阳数学模型，偶然的机会发现了太阳是一个电磁波放大器。人类可以将太阳作为一个超级天线，通过它向宇宙中发射电波，地球文明有可能进行II型文明能级的发射。叶文洁借检修设备的机会，向太阳发射了信号，但却没有在预计的时间内接收到太阳发回的信号。八年后的一天夜里，叶文洁收到了宇宙中另一个世界的信息，内容是三条重复的警告："不要回答！不要回答！！不要回答！！！"叶文洁不顾警告，私自向宇宙发出了回应："我的文明已无力解决自己的问题，需要你们的力量来介入。"

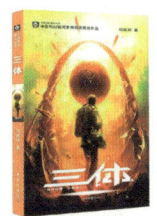
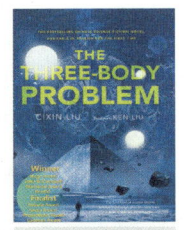

重庆出版社
2008 年 1 月

《三体》
美国版

  叶文洁在"文革"时期的遭遇给她造成了很大的伤害，这种伤痛并没有随时间的流逝而愈合。孤独中的她，用理性的目光直视那些伤害了她的疯狂和偏执，对人类本质的思考使她对人类的希望彻底破灭，对自己做出超级背叛的怀疑也消失得无影无踪，将宇宙间更高等级的文明引入人类世界，终于成为叶文洁坚定不移的理想。

  回到大学任教后，叶文洁遇到了伊文斯，对人类共同的绝望与憎恨使他们一起建立了地球三体组织，叶文洁成为最高统帅。三体文明与地球三体组织进行了信息交流，但是伊文斯却将关键的一部分截留，藏了起来。组织成员大多是高级知识分子，也有相当一部分是政界和经济界的精英。人类文明，终于在自己的内部孕育出了强大的异化力量。他们开发出三体游戏，通过一层貌似人类社会和历史的外壳，演绎三体世界的历史，以此来向人类传播三体文化，招募地球三体叛军。

  三体文明证实三体问题从数学本质上不可解后，收到了地球发来的信息。掌握了地球的坐标后，为使自己的文明可以延续下去，三体星舰开始向地球出发。由于三体文明到达地球需要 400 年，为了不让人类文明在 400 年间迅速发展超过三体文明，三体人向地球送来了智子，干扰粒子对撞机，使高能物理实验结果呈现随机性，扰乱科学家的思想，使他们对科学的信仰崩塌，阻止人类科学的进步。

  各国军方为了共同对抗三体文明，首先采取了"古筝计划"，用汪淼研究出的纳米丝粉碎了伊文斯建立的第二红岸基地"审判日号"，读取了降临派截留的三体文明发来的关键信息。人类从信息中得知，三体文明送来的智子不光锁死了人类科学，还通过量子感应网络监视地球世界。以后，人类社会的任何秘密都将不复存在。

《三体》电视剧海报（来源：三体电视剧官方微博）

中文剧集

  国产科幻剧集《三体》由三体宇宙、腾讯视频和灵河文化共同出品。该剧由杨磊执导，张鲁一、于和伟、陈瑾、王子文、林永健、李小冉等领衔主演，于2023年1月15日在CCTV、腾讯视频和咪咕视频播出。

  《三体》的另一种不可忽视的价值，是为国产剧进一步开拓国际市场、生动诠释人类命运共同体意识进行了有益探索。作品所聚焦的人类命运的前瞻与反思、人与自然环境的关系以及如何应对挑战、共创未来等，均是带有普遍性价值的宏阔主题，为中国故事跨越国界、在世界范围内寻求受众口味的最大公约数，提供了绝佳的载体和契机。在具有国际表达特质的故事外壳下，作品也更便于用艺术的手段向世界展示具有大国气度、大国责任、大国精神的新时代中国形象。因而，如何用一个个精彩的故事来传播构建更美好世界的中国主张与方案，同时把我国的视听产业在全球市场中做大做强，是值得所有从业者潜心思索和躬身实践的现实命题。

——中国电视艺术委员会编辑部副主任 闫伟

作品年表 / 长篇小说

《三体》电视剧海报（来源：三体电视剧官方微博）

2023 年 1 月 18 日，《文汇报》刊发文章《科幻表达中，国产剧的三重拓新——评电视剧〈三体〉》

刘慈欣创作年谱（1999—2022）

国创动画
（来源：三体动画官方微博）

同人动画
（来源：三体宇宙官方网站）

国际剧集
（来源：三体宇宙官方网站）

国创动画

  国创系列科幻动画《三体》由三体宇宙和哔哩哔哩、艺画开天联合出品，艺画开天制作，第一季于2022年12月10日在哔哩哔哩播出。

同人动画

  《我的三体》是一部始于粉丝自制的动画番剧，2016年成为三体宇宙官方出品制作的动画。目前已经上线三季，分别为《我的三体》《我的三体之罗辑传》《我的三体之章北海传》。

作品年表／长篇小说

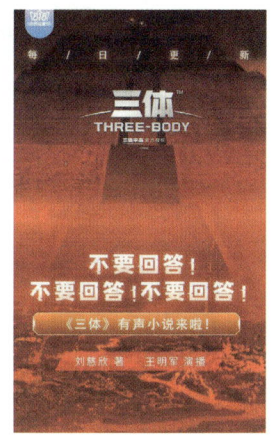

广播剧
（来源：三体宇宙官方网站）

有声小说
（来源：三体宇宙官方网站）

国际剧集

2020年9月1日，网飞（Netflix）宣布将把刘慈欣所著长篇科幻小说《三体》三部曲搬上荧屏，拍摄英文电视剧。该剧由《权力的游戏》主创大卫·贝尼奥夫（David Benioff）和 D.B. 魏斯（D.B. Weiss）携手《极地恶灵》第二季创作者 Alexander Woo 共同打造。原作者刘慈欣与英文译者刘宇昆任顾问制作人，执导《星球大战：最后的武士》的导演莱恩·约翰逊（Rian Johnson）以及影星布拉德·皮特（Brad Pitt）旗下的 B 计划娱乐等任执行制作。

广播剧

《三体》广播剧是由三体宇宙授权，喜马拉雅出品，729 声工厂制作，全剧共 6 季。

有声小说

《三体》有声小说由三体宇宙授权，喜马拉雅出品，著名演播艺术家王明军演播。

三体·黑暗森林

重庆出版社
2008年5月

　　罗辑是天文学出身，毕业后在大学里任教，教社会学，也是已故杨冬的高中同学，一次祭奠杨冬时，在墓碑前与叶文洁相遇。聊天中，叶文洁建议罗辑将两个专业结合起来研究宇宙社会学，并给出两条公理：第一，生存是文明的第一需要；第二，文明不断增长和扩张，但宇宙中的物质总量保持不变。还提出两个重要概念：猜疑链和技术爆炸。说完，便走向了她最后的聚会。

　　三体文明将于四百多年后抵达地球，危机纪元来临，人类积极备战，组建太空军，计划通过十几代人的努力，形成完整战斗力，章北海是其中一员。

　　罗辑玩世不恭，一直沉浸在自我的世界里。在一次意外车祸中罗辑幸免于难，却在严加保护中被军方带去了联合国会场。在会上，联合国秘书长分析了当前的局势，人类已经得知，三体人是用透明的思维直接进行交流的，这使得他们在计划、伪装和欺骗方面十分低能；智子可以听懂人类的语言，可以超高速阅读印刷文字和各种计算机介质存贮的信息，但不能读出人的思维。基于这样的条件，人类制定了"面壁计划"，并指定四位面壁者，他们完全依靠自己的思维制定战略计划，不与外界进行任何形式的交流。他们对外界所表现出来的思想和行动应该是完全的假象，从而建立起一个扑朔迷离的假象迷宫，使敌人在这个迷宫中丧失正确的判断，尽可能地推迟其判明人类真实战略意图的时间。面壁者将被授予很高的权力，借助冬眠技术跨越时间，一直到达最后的决战时代。

　　罗辑被指定成为第四位面壁者，尽管他竭力反对，却仍然无法改变。其他三位面壁者着手实施自己计划的时候，罗辑却利用面壁者的特权，为自己寻觅了一处"世外桃源"，并让警官大史为他找来了他的"梦中情人"，沉醉于舒适的隐居生活。地球三体组织为了应对"面

《三体·黑暗森林》
日本早川书房
2021年

壁计划"，为每一个面壁者都指定了一个破壁人。在智子的协助下，通过分析每一个面壁者公开和秘密的行为，尽快破解他们真实的战略意图。而罗辑因为没有采取任何行动，他的破壁人就是他自己，只有他，直接与三体人对决。

五年后，面壁者之一的泰勒，他的计划被破壁人揭穿，并打算公之于众，泰勒在绝望中自尽，其他两位面壁者进入冬眠。联合国为了让罗辑尽快进入工作状态，带走了他的妻儿，并让妻子给他留下一句话："我们在末日等你。"失落的罗辑终于开始思考，在反复推敲叶文洁当时对他说的一番话后，发现了关键点。他让联合国为他找了一处绝对安全的地方，在地下两百多米，通过视频会议向行星防御理事会面壁计划听证会说明了他的计划——向187J3X1恒星所拥有的行星发射一句咒语，这个咒语将在五十年后起作用。罗辑准备进入冬眠状态，等待咒语起作用的时候苏醒，但在这时候他却患上了轻流感。事实证明这场流感是地球三体组织针对罗辑的刺杀，当下医疗水平无法治疗。罗辑进入冬眠状态等待未来咒语起作用。两天后，这句咒语通过太阳，以光速飞向宇宙。

为了保证无工质辐射推进飞船成为主要研究方向，章北海暗杀了航天界三个关键人物，然后与增援未来的政工特遣队一起冬眠，前往未来。

面壁者希恩斯同妻子在一次偶然实验中发现了"思想钢印"的建立方法，通过这种方式可以加固人的思想，使他们的思想信念坚如磐石，绝不可能推翻。他们希望将这个项目用在太空军队中，建立"人类必胜"的信念。随后，他们一同冬眠等待时机。

另一个面壁人雷迪亚兹的计划也被破壁人揭穿，他企图用同归于尽的方式与三体人决战。这种反人类的方法遭到全世界的反对，联合国终止了他面壁人的身份，最终惨死家乡。

《三体·黑暗森林》
美国版

罗辑在危机纪元205年从冬眠中醒来，发现这并不是一个绝望的时代，人类科学进步非常快，人们认为人类的太空战舰和超级武器都超越了三体人，与三体文明的战争中人类必然获得胜利。面壁计划早已被忘却，当初他发射的咒语也无人在意结果。人类度过了惊慌失措的大低谷时期，现在正是充满希望的新时代。人类为了"末日之战"搬到一千多米的地下生活，世界没有了家庭，国家的概念也发生了变化，国家衰落，太空舰队崛起。在联合国听证会上，一致通过中止面壁计划，废除联合国面壁法案，并且中止面壁者身份。在会议即将结束时，面壁者希恩斯的妻子山杉惠子站了出来，以他破壁人的身份，揭穿了他私自转移思想钢印超级电脑，并改变其中正负号的做法。事实上，希恩斯是一个根深蒂固的失败者，一个坚定的逃亡者。

罗辑在史强的帮助下适应新时代，却接连遭遇意外事件，险些丧命。罗辑认为这是三体人针对他的谋杀。为了避免再次发生意外，他搬去了地面上居住。与此同时，章北海也从冬眠中苏醒，进入亚洲舰队的"自然选择号"，学习战舰操作方法，修改了权限口令，得到了舰长控制权后，切断了同外界的联系，让全舰进入深海状态，发出了"自然选择"前进四的指令。

丁仪也在七年前苏醒，乘坐"量子号"参与拦截三体探测器"水滴"的任务。在考察队出发后，舰队听从丁仪的建议，使"量子号"和"青铜时代号"进入深海状态。水滴捕获后没有自毁，人类便认为这是三体人送给地球的礼物。经过后续研究发现，即使放大到显微镜极限值，它表面仍是绝对光滑的镜面。正在人们迷惑不解时，丁仪意识到，这是三体人带给人类的信息——"毁灭你，与你有何相干？"但一切都晚了，水滴尾部不断出现光环，随后急剧扩大，在光环的推动下急剧加速，开始了对人类太空舰队的连环撞击。人类太空武装力量全军覆没，仅有"量子号"和"青铜时代号"幸存。罗辑以为掌握了人类胜利的钥匙。水滴是来消灭他的。他绝望之时，水滴却调整到与太阳同步的轨道上，封锁了太阳。

人类仅存的七艘太空战舰都在飞离太阳系，一部分是"自然选择号"和追击它的舰队，共五艘战舰；另一部分是从水滴大毁灭中幸存的"量子号"和"青铜时代号"，在得知太阳系发生的事情后，决定一起组成独立社会——星舰地球，向宇宙深处远航，为人类找寻新的家园。但燃料和配件有限，为了生存，七艘战舰互相攻击，最终只有"蓝色空间号"和"青铜时代号"幸存，携带充足的燃料和配件，像两艘黑暗之船，承载着人类的全部思想和记忆，怀抱着地球所有的光荣与梦想，默默消失在永恒的夜色中。

水滴战役后，人类再次陷入绝望中。此时，舰队联席会议想起了罗辑的咒语，发现被罗辑诅咒的恒星在五十一年前已经被摧毁，他的咒语生效了。各大舰队都同意恢复面壁宪章和罗辑面壁者的身份，人们又将希望寄托在了罗辑身上。罗辑告诉史强，那颗被诅咒的恒星之所以会被摧毁，是因为黑暗森林法则：宇宙就是一座黑暗森林，每个文明都是带枪的猎人，像幽灵般潜行于林间，他必须小心。在这片森林中，他人就是地狱，任何暴露自己存在的生命都将很快被消灭。罗辑的诅咒就是将那颗恒星的坐标通过太阳发射出去，遭到了其他宇宙文明的毁灭。三体人猜到罗辑的想法，所以封锁了太阳，现在他什么都做不了，整日借酒消愁。为了不让公众失去信仰，联合国让罗辑领导雪地工程。

罗辑全身心投入雪地工程，却在一年半后陷入停顿，公众终于对面壁者罗辑失去了耐心和信心。罗辑心如死灰，在杨冬和叶文洁的墓碑旁给自己挖了一个坟墓，拖着摇摇欲坠的身体与三体文明开始最后的对决。

罗辑通过智子告诉三体人，他手腕上的手表是一个生命体征监测仪，连接着一套摇篮系统。如果他死亡，太阳轨道上布置的三千六百一十四枚核弹就会爆炸，包裹核弹的油膜物质将在爆炸中形成围绕太阳的星际尘埃，太阳将在可见光和其他高频波段发生闪烁，像灯塔一样在全宇宙标记出三体世界的位置。即使太阳系和地球的位置同样会暴露，他也在所不惜。三体人妥协了，接受了罗辑的三个条件：一、水滴停止向太阳系发射电波；二、另外九颗水滴飞离太阳系；三、三体舰队不得越过奥尔特星云。

地球开始了威慑时代。

三体·死神永生

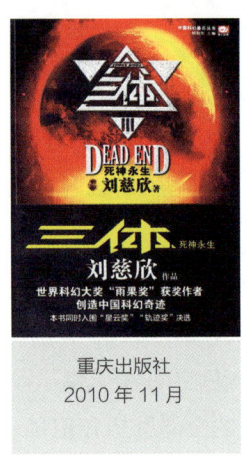

重庆出版社
2010年11月

　　云天明确诊肺癌晚期，时日无多。为了不拖累家人，他选择安乐死。在此之前，他意外得到一笔钱财，他用这笔钱买了一颗星星，送给他爱慕的大学同学程心，希望她能记得，茫茫星海中，有一颗星星是属于她的。在云天明即将注射安乐药液时，程心出现并阻止，对他说："《安乐死法》是为你通过的。"

　　程心结束学业参加工作，抽调到行星防御理事会战略情报局，简称PIA。这是一个直接以三体舰队和母星为侦查目标的情报机构，目的是获取三体世界信息，并为此制定了阶梯计划，向三体世界发射探测器。为了降低飞行器重量，使之达到额定速度，每次只能运送一颗大脑。接下来，参加阶梯计划的人选成了一大难题，PIA最终决定人选只能从绝症患者中寻找。程心在此时得知云天明身患绝症，便向阶梯计划负责人推荐云天明为候选人。

　　云天明听完程心的讲述，陷入了深深的绝望：他认为程心是来让他死的。云天明在凄惨的微笑中，接受了这个使命，并在后续的各种测试中表现突出，最终当选为阶梯计划的使命执行人。在此过程中，程心开始自责后悔，在云天明病情恶化执行脑切除手术时被告知，那颗星星是云天明送给她的。程心濒临崩溃，但一切都已结束，最终云天明带着程心要求的粮食种子飞向太空，却意外偏离轨道航向。程心则作为阶梯计划联络人进入冬眠，去往未来。

　　"青铜时代号"得知地球人类对三体世界的威慑已经建立，希望他们作为人类的英雄返回地球。可当他们停泊后，等待他们的竟是舰队国际的司法审判。这是地球发出的返航诱饵，

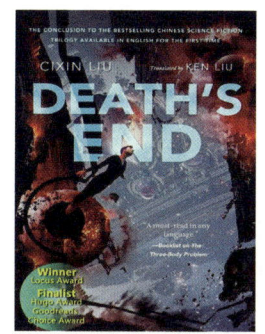

《三体·死神永生》
美国版

最终"青铜时代号"大多数人被判刑。在最后的交接过程中,"青铜时代号"舰长以生命为代价对"蓝色空间号"发出警告:"不要返航,这里不是家!""蓝色空间号"收到消息后继续逃离太阳系,人类世界派出"万有引力号"追击。

被云天明买下送给程心的星星 DX3906 被发现是与地球相似的恒星,还拥有两颗行星,联合国和太阳系舰队想收回这颗星星的所有权,决定将程心唤醒。醒来后的程心被告知,阶梯飞行器没有任何消息,云天明的大脑迷失在了茫茫太空。程心不愿将深爱她的人送的礼物卖掉,最终只出让两颗行星,保留恒星所有权,由此获得了一大笔财富。DX 的发现者艾 AA 帮助程心管理财产。

罗辑一直掌握着威慑控制权,尽管人类社会对他有诸多不满,他仍然沉默地在执剑人的岗位坚守了半个世纪。程心被推上了下一任执剑人的位置,两个世界的支点由一位一百零一岁的老人转移到一个二十九岁的年轻女子身上。但是没人感谢罗辑,反而被指控犯有世界毁灭罪,被国际法庭拘押。

在程心准备开始执剑人生涯时,三体世界对人类发起了攻击。程心潜意识里不相信会发生这样的事。她是一个守护者,不是毁灭者,她幻想一个平衡的美好世界。在敌人逐渐逼近地球的过程中,程心内心煎熬无法决断,最终将掌握两个世界命运的红色开关扔了出去。敌人摧毁了地球上所有引力波宇宙广播系统,黑暗森林的威慑终止。

     人类被三体文明赶向了澳大利亚，为了生存，人类文明再次陷入黑暗的混乱中。在太空中的"万有引力号"还载有一座引力波宇宙广播系统，因为四维空间的出现，"万有引力号"和"蓝色空间号"的船员聚在了一起，共同决定启动引力波宇宙广播。最终除两百多人乘坐冬眠舱返回太阳系外，两艘战舰承载着人类文明的种子继续向星海深处飘去。

     引力波宇宙广播启动后，生活很快恢复了平静，人们开始重建生活。黑暗森林理论得到了证实，三体世界被摧毁了。原以为远在天边的死神，赫然出现在眼前。智子邀请程心和罗辑喝茶时，罗辑得到一个重要线索：存在某种安全特征，可以向宇宙发出安全声明，从而避免遭受黑暗森林打击。在智子离开之前，给程心传递了一个信息，云天明要见她。会面地点在地球与太阳的引力平衡处：拉格朗日点。谈话内容被限制在有关两人之间的事。云天明给程心讲了三个故事——《国王的新画师》《饕餮海》和《深水王子》。人们通过不懈努力，解读出了云天明隐藏在故事中的两个信息：曲率驱动，光速黑洞。至此，地球文明有三条生路：掩体计划、黑域计划、光速飞船计划。

     在研究曲率驱动飞船的过程中，人们发现飞船在加速阶段会留下航迹，这可能是曲率驱动引起的某种空间畸变，也许会永久存在。这就印证了智子所说的从远距离观察，三体星系看起来比太阳系更危险的原因。这一发现使得光速飞船计划彻底死亡，人类文明只剩下其余两个选择：掩体计划和黑域计划。

     在一次掩体计划模拟试验中，程心遇到了刑满释放的维德。维德要求程心将她拥有的一切给他，他去造光速飞船。程心答应了，并打算冬眠，要求维德在危及人类安全时将她唤醒。

     程心在六十四年后醒来，人类在木星、土星、天王星和海王星的背面，共建造了六十四座大型太空城，与近百座中等和小型太空城以及大量空间站。在其共同构成的掩体世界中，生活着九亿人。这几乎是现存人类的全部，在黑暗森林打击到来前，地球文明已经进入掩体。

     维德给程心介绍了光速飞船现在的研究进度，但是联邦政府对此表示强烈反对，并即将爆发武装冲突。最终程心选择了人性，让维德的星环武装力量停止抵抗。此后，程心再次冬眠。

在程心冬眠六十三年时，太阳系预警系统发现了一个不明飞行物以接近光速的速度飞近太阳系。人类探测编队靠近后发现，这是一张小纸条，这张纸条可以使三维空间跌落到二维空间，最终太阳系将跌落到二维，变成一幅厚度为零的画。这时，人们也终于明白了云天明故事里第三个信息——针眼画师的画的含义。但为时已晚，只有光速飞船才能逃脱二维化命运。程心醒来后，前往冥王星，拯救存放在那里的珍贵文物。程心和艾AA在冥王星见到了罗辑，将文物搬运到程心的"星环号"上后，太阳系跌落即将结束，程心和艾AA乘坐"星环号"离开了。在程心起飞后不久，罗辑通过通信告诉她们，"星环号"能够以光速航行，因为它安装了世界上唯一一套空间曲率驱动引擎。这是联邦政府与星环集团的合作项目，政府之所以这么做，是因为后来人类发现了黑域是由光速飞船的航迹产生的，云天明指出地球文明的真正生存之路——光速飞船的研究，却在程心当初阻止维德的时候被堵死了。她两次处于仅次于上帝的位置上，却两次以爱的名义把世界推向深渊。程心为了将地球文明延续下去，与艾AA前往了云天明送给她的星星。

在目的地降落时，她们见到了关一帆。关一帆为她们介绍了现在的宇宙情况，并邀请她们去他的世界生活。晚上，关一帆收到了来自同步轨道上"亨特号"的呼叫，有来历不明的宇宙飞行器降落在本星系的另一颗行星——灰星表面，并很快消失。程心与关一帆一起乘坐"亨特号"前往灰星查看，路上他们讨论了"宇宙规律"既是最可怕的武器，也是最有效的防御手段。宇宙中的文明一般把降低维度用来攻击，降低光速用于防御，太阳系空间向二维的跌落永远不会停止。为了避免同归于尽，攻击者将自己改造成低维生命，从而肆无忌惮疯狂攻击，宇宙将向低维发展。

到达灰星后，程心和关一帆看到了曲率驱动的航迹——死线，光速为零，引力为零。为了避免出现扰动，他们乘坐"亨特号"用聚变推进航行之后再启动曲率驱动。返回蓝星的过程中，艾AA与"亨特号"进行通信，告诉他们云天明来了，并给程心带来了礼物。但意外发生了，程心和关一帆被困在了扩散的死线内，只能通过冬眠来等待能够在低光速下运行的神经元计算机重启。

当他们再次醒来时，飞船已经脱离了低光速，降落到同样在光墓的蓝星。此时的蓝星已经度过了一千八百九十万年的岁月，沧海桑田，已经没有任何人类的踪迹。经过探测，程心发现了艾AA和云天明留在黑色岩层中的文字，并发现了小宇宙的入口。他们走了进去，这个像镜子一样的世界，有房子，有农具，还有智子。智子是这个小宇宙的管理者，云天明将这个小宇宙送给程心和关一帆，这里是在大宇宙之外的独立时间线，希望他们可以在这里躲过宇宙坍缩，去往新世界。

在这里生活的过程中，程心和关一帆发现了"质量流失"。宇宙的总质量刚刚能够使宇宙坍缩，总质量只要减少一点，宇宙就由封闭变成开放，永远膨胀下去。小宇宙的运转使宇宙质量在流失，为了躲过宇宙坍缩，大宇宙中不知道有多少小宇宙的存在。这时，他们收到了来自大宇宙的"回归运动声明"，希望小宇宙将他们拿走的质量归还，只把记忆体送往新宇宙。

程心和关一帆决定将质量归还，只留下了一台储存小宇宙信息的微型电脑和程心制作的生态球，最后一起乘坐飞船飞回大宇宙。

在《三体》的世界里，作者展示了一个"最糟的宇宙"，大胆想象了人类文明在宇宙中暴露自己的灾难性后果。三部作品的视角从最初的人类历史转移到广阔的宇宙文明，再跨越到几亿年以后宇宙的毁灭与重生，在宇宙中渺小如虫的生命却穿越时间与空间的长河，既表现出超脱时空的自由与希望，又给人以在宇宙规律面前无力的孤独与绝望，充满了宏大的浪漫主义色彩和悲剧色彩。

作者站在理性的角度，通过三位主角的人生经历，描写了人性在黑暗森林法则中的徘徊挣扎，也在更宏大的尺度上，以宇宙无比巨大的规模将人性淹没其中。善恶在生存面前不堪一击。作者呈现了各种宇宙文明在黑暗森林的生存方式，而主角充满悲剧的人生只不过是人类命运的缩影，道路没有对错，只是选择不同。

作品年表 / 长篇小说

▼ 外文版集锦

 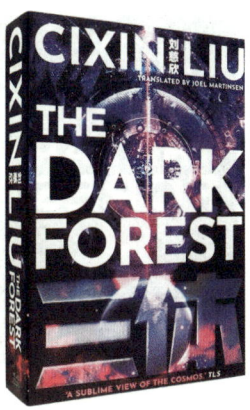 

《三体》英语封面　　《三体·黑暗森林》英语封面　　《三体·死神永生》英语封面

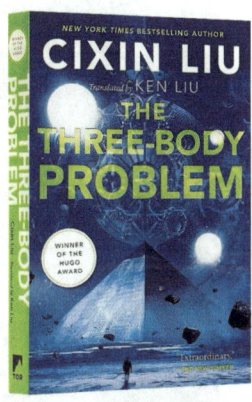 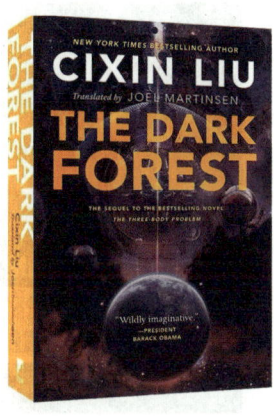 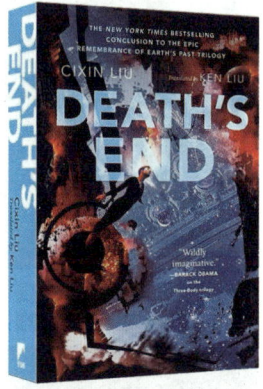

《三体》英语封面　　《三体·黑暗森林》英语封面　　《三体·死神永生》英语封面

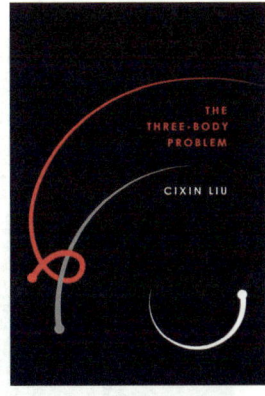  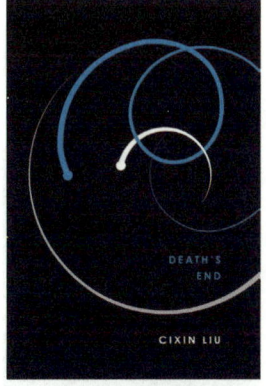

《三体》英语封面　　《三体·黑暗森林》英语封面　　《三体·死神永生》英语封面

刘慈欣创作年谱（1999—2022）

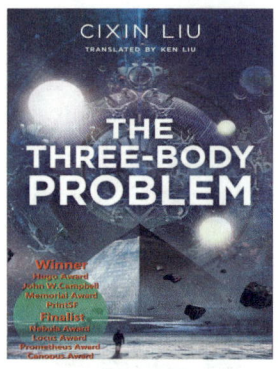
《三体》
英国版封面

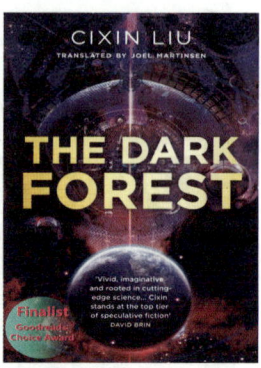
《三体·黑暗森林》
英国版封面

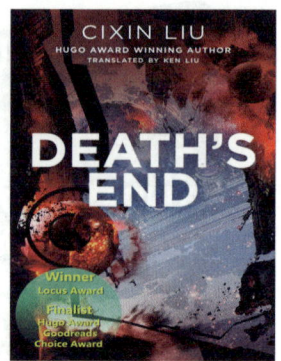
《三体·死神永生》
英国版封面

《三体》
法语封面

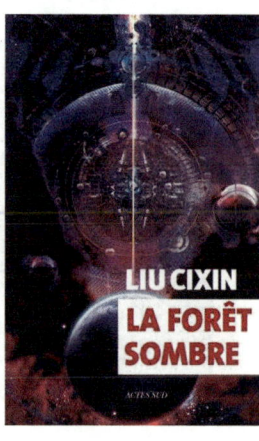
《三体·黑暗森林》
法语封面

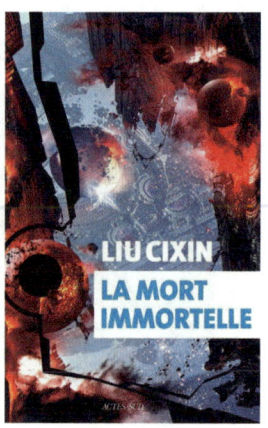
《三体·死神永生》
法语封面

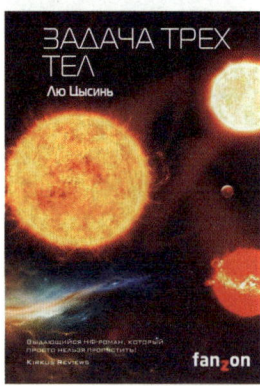
《三体》
俄语封面

《三体·黑暗森林》
俄语封面

《三体·死神永生》
俄语封面

作品年表 / 长篇小说

《三体》
日语封面

《三体·黑暗森林》（上）
日语封面

《三体·黑暗森林》（下）
日语封面

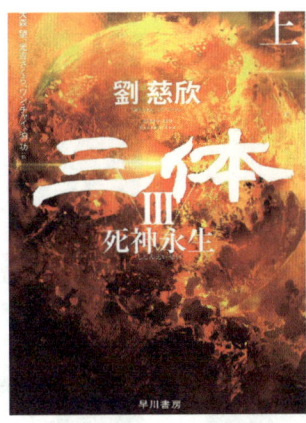
《三体·死神永生》（上）
日语封面

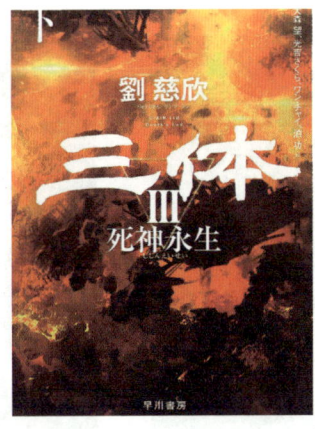
《三体·死神永生》（下）
日语封面

《三体》
德语封面

《三体·黑暗森林》
德语封面

《三体·死神永生》
德语封面

刘慈欣创作年谱（1999—2022）

 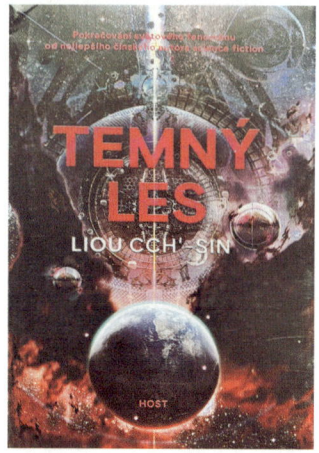 

《三体》捷克语封面　　　　　《三体·黑暗森林》捷克语封面　　　《三体·死神永生》捷克语封面

 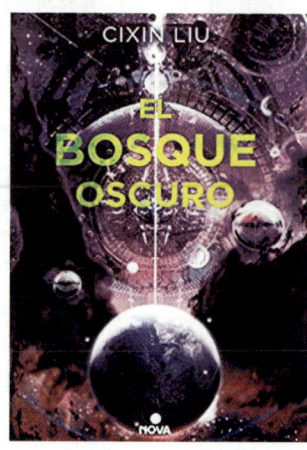 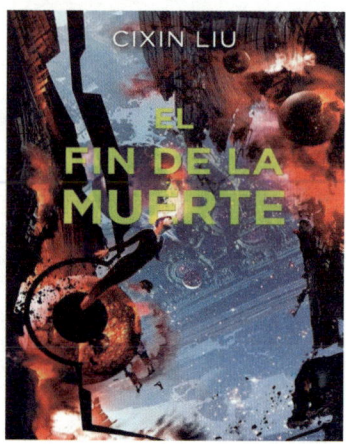

《三体》西班牙语封面　　　《三体·黑暗森林》西班牙语封面　　《三体·死神永生》西班牙语封面

《三体》泰语封面　　　　　《三体·黑暗森林》泰语封面　　　《三体·死神永生》泰语封面

作品年表/长篇小说

《三体》
葡萄牙语封面（巴西发行版）

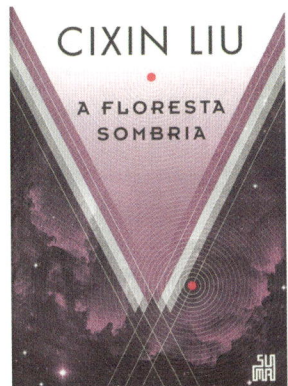

《三体·黑暗森林》
葡萄牙语封面

《三体·死神永生》
葡萄牙语封面

《三体》
意大利语封面

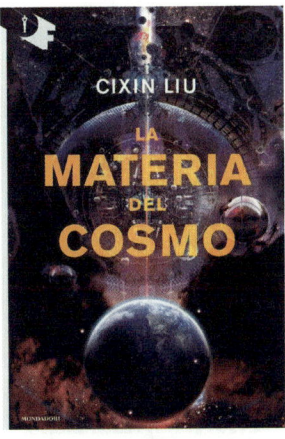

《三体·黑暗森林》
意大利语封面

《三体·死神永生》
意大利语封面

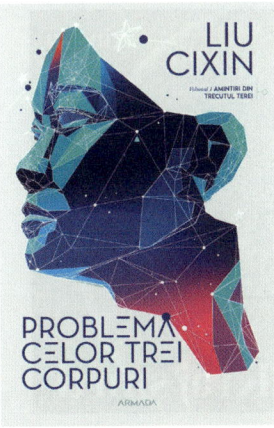

《三体》
罗马尼亚语封面

《三体·黑暗森林》
罗马尼亚语封面

《三体·死神永生》
罗马尼亚语封面

刘慈欣创作年谱（1999—2022）

《三体》波兰语封面

《三体·黑暗森林》
波兰语封面

《三体·死神永生》
波兰语封面

《三体》法语封面

《三体·黑暗森林》
法语封面

《三体·死神永生》
法语封面

《三体》
克罗地亚语封面

《三体·黑暗森林》
克罗地亚语封面

《三体·死神永生》
克罗地亚语封面

作品年表 / 长篇小说

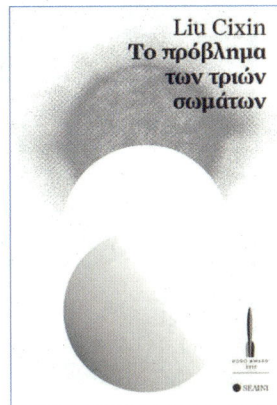
《三体》
希腊语封面

《三体·黑暗森林》
希腊语封面

《三体》
保加利亚封面

《三体》
土耳其语封面

《三体·黑暗森林》
土耳其语封面

《三体》
越南语封面

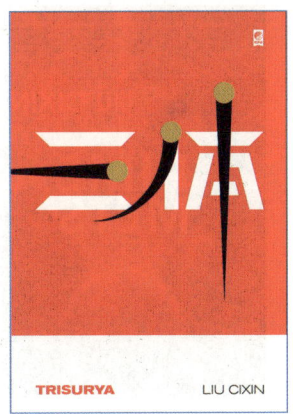
《三体》
印尼语封面

《三体·黑暗森林》
印尼语封面

《三体》
葡萄牙语封面

39

刘慈欣创作年谱（1999—2022）

 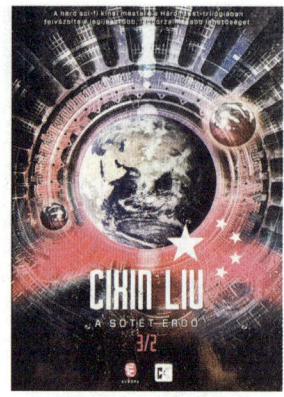 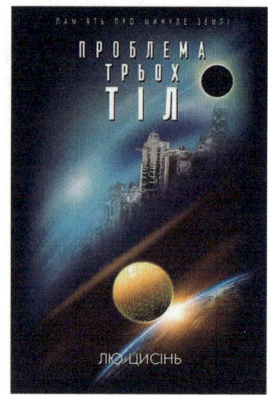

《三体》　　　　　　　　《三体·黑暗森林》　　　　《三体》
匈牙利语封面　　　　　　匈牙利语封面　　　　　　　乌克兰语封面

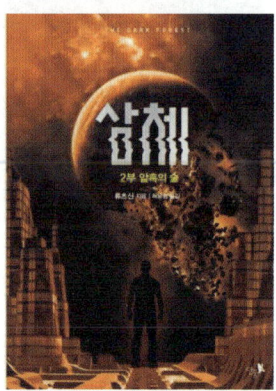  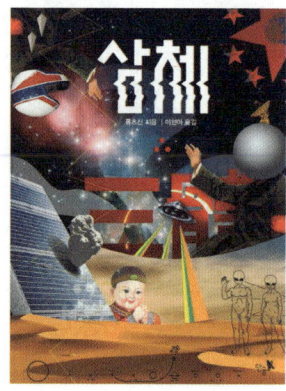

《三体》韩语封面　　　　《三体》韩语封面　　　　　《三体》韩语封面

 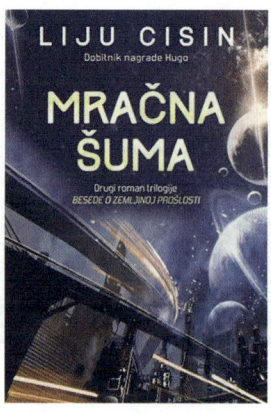 

《三体》　　　　　　　　《三体·黑暗森林》　　　　《三体·黑暗森林》
挪威语封面　　　　　　　塞尔维亚语封面　　　　　　爱沙尼亚语封面

40

鲸歌

《科幻世界》
1999年第6期

　　小说开篇，毒枭、豪华游艇、南美女郎，这些吸引眼球的通俗文学元素一一登场。南美大毒枭绞尽脑汁想要将毒品运进美国，几番尝试失败后，毒枭之子推荐了一名生物学博士，博士提出利用生物电极遥控一条巨大的蓝鲸进行贩毒运毒，让两人带着毒品坐进特制小舱，被蓝鲸吞进嘴里。起初毒枭对于这个计划嗤之以鼻，但博士并未放弃，利用高科技在一头蓝鲸头部插入电极，然后借助计算机等技术手段操控蓝鲸在深海进行了精彩表演，轻而易举地控制了一头四十八米长的巨鲸。毒枭深感震惊，答应了这种运毒方式。听着鲸的歌声，开启了一段"奇妙之旅"。最终顺利到达美国海岸，完成了毒品交易。当众人带着得意回到鲸口返程时，一艘捕鲸船盯上了他们，受到轰炸忍着剧痛的鲸失控了，而他们两人坐的小舱在鲸的牙齿的撞击下被迫输入"吐出"的指令。破损的舱很快下沉，伴着一片血色的海水，连带着那头鲸，一起面向了死亡……

　　这篇小说对于作者、对于中国的科幻文学，具有划时代的意义，是作者在正式期刊上发表的第一篇作品。那年作者36岁，或许很多人无法想象，这个来自山西的新人，在《科幻世界》"每期一星"栏目中刊载的这篇作品，正式开启了中国科幻文学的一个时代。在此后的二十多年中，作者带着他的作品，一路披荆斩棘、高歌猛进，将中国的科幻文学推到了世界的高度，不得不说，《鲸歌》至关重要。

　　一曲鲸歌唱出了人性中最大的贪婪！人类无休止的索取、无休止的欲望，违背了丛林法则的真谛，认为自身拥有凌驾于其他动物之上的权利。渺小的人类，本应与海洋生物和谐共处，却在鲸的嘴里培育罪恶。借用书中的原话："他们不讲道德，社会不给他们的，他们自己来拿……"科技一直在进步，但人类的道德却从来不进化，不顾一切地索取，最终也逃不过消亡的宿命。

微观尽头

《科幻世界》
1999年第6期

  小说讲述一群物理学家开展了一场对宇宙的探索和实验。两个方阵剑拔弩张，一方认为物质是无限可分的，一方认为夸克是最小的不可分的物质。实验结果并没有显示夸克被撞碎，但也没有显示它保持完整。当夸克进行对撞的时候，整个天空变成了乳白色，地球仿佛处于一个巨大的白色蛋壳中心，而天空中的星星也变成了黑点，竟然出现了宇宙的负片。其中一方解释说：我们一直向微观的深层走，当走到微观尽头时，就回到了整个宏观。加速器刚才击穿了物质最小的结构，于是其力量作用到最大的结构上，把整个宇宙反转了。宇宙的突变超出了人类所有知识的认知和想象，也超出了他们的承受能力，世界瞬间处于疯狂的边缘。集体的歇斯底里在人海中蔓延开来，整个人类世界陷入了混乱之中。面对失序，其中一方的物理学家要坚持进行第二次实验，所有人都对他的疯狂想法感到震惊，当蜂鸣器第二次响起，夸克被第二次击中后，没有任何预兆，比眨眼的速度还快，宇宙再次被反转，漆黑的夜空，晶莹的星群，人类的宇宙又回来了。就像变魔术一样，所有的一切，又回归正常。

  这篇小说短小精练，情节非常简单，展示的核心是科学幻想，是一篇很纯的科幻小说。没有跌宕起伏、惊心动魄的故事情节，而是展现科学之美，让读者去体会宇宙的浩瀚和神秘。正如作者所言，科学是科幻小说力量的源泉，但科学之美和传统文学之美有着完全不同的表现形式。科学的美感被禁锢在冷酷的方程式中，普通人需要经过巨大的努力，才能窥见她的一线光芒，而这篇小说，把这种美从方程式中释放了出来。

  小说展示出了现实未来和终极未来的意义。人类世界往往被现实中很多的问题所诱导，从而忽略了自身对终极的追求，但人类对这个世界的探索从来没有停止。小说虚构了现实在达到微观的尽头后，会发生时空的反转，形成宇宙的负片。人类一直在寻找和创造尽善尽美的世界，为此，探索之旅将会一直延伸下去。

宇宙坍缩

《科幻世界》
1999年第7期

　　小说一开始就讲述物理学家已经精确地计算出宇宙坍缩的时间，站在科技的角度，他们为这一发现感到兴奋。而主人公明白"坍缩"意味着什么。如果宇宙的质量小于某一个数值，它将永远膨胀下去；如果宇宙的质量大于某一数值，则宇宙会在某一个时间点停止膨胀，开始坍缩，坍缩的结果竟然是时光倒流。在这伟大的时刻，赶来参加抗洪的省长、刚刚丧父的工程师，在场的众人都在为打碎三千年前的文物惋惜。在主人公看来，这一切都无关紧要，坍缩意味着什么？它不光是宇宙尺度上的缩小，还有时间的倒流。在时间迈过这一奇点后，宇宙开始坍缩，基于时空的一致性，时间开始倒流，省长忧心的洪水将会回流到河里，大雨将会从地面飞到天上，女工程师的父亲将会复活，被打碎的三千年的文物将会变得完好无损，进而被埋进土里……在众人的不可思议中，蓝移开始了倒计时，当指针指向零时，宇宙中的星光由使人烦躁的红色变为空洞的白色，时间奇点出现，星光由白色变为宁静美丽的蓝色，蓝移开始了，坍缩开始了……

　　《宇宙坍缩》与作者的另一部短篇小说《微观尽头》相同，同样是纯科幻、"软科幻"，篇幅短小，情节相对简单，但寓意却很深刻，对时间和空间进行了另外一种诠释。这种诠释，从某种意义上讲，作者是一名"先知"，对未来做出预言，为人类揭开未来世界的神秘面纱。更深远的，还是科技与人性之间的关系，探讨科技与人类是否处于对立的状态，并且将这种冲突性展露出来，让读者遐想。此篇作品之后，作者创作的风格，也逐渐从"软科幻"向"硬科幻"着陆。

　　小说借助辽阔的想象力，展现出未来世界的一种可能，不再是枯燥的一幕，时间和空间不是独立存在的，他们是以物质为基础的。在宇宙坍缩的时候，不只有空间的坍缩，更有时间的坍缩。世界的意义，时间的流动，生命的无常，文明的进退，都寄寓着人类世界对于未来世界的美好幻想。

刘慈欣创作年谱（1999—2022）

带上她的眼睛

《科幻世界》
1999 年第 10 期

  作品讲述在遥远的未来，身为航天员的主人公在忙碌之余，获得一次短暂的假期。踏上旅程时，他戴上了"她"的眼睛上路，"眼睛"像是眼镜一样的传感器，他所看到的一切甚至是触觉和味觉都会通过特殊传感通道告诉眼睛的主人，可以说是另一种身临其境的隔空旅行服务。而眼睛的主人，是一位刚毕业的小姑娘。由此，借由"我"的视角，展开了一场惊心动魄、震撼人心的光影之旅。
  两天的草原之旅，让小姑娘兴奋不已，远山、白云、河滩、小溪，再平常不过的景色却让她着迷。她感动地给每一朵小花起名字，她能记住每一朵花的特征；她陶醉于每朵花的芳香之中；将手浸入溪水的清凉和再拿出来被微风吹干的凉爽更是令其沉醉得不能自已。她沉迷于落日与晚霞之美；她痴醉于夜晚草原上的月光和云影；她为下雨看不见日出而遗憾痛苦；她也惊喜于雨天的第一声鸟鸣。主人公不以为然，甚至产生了疑惑，而等他回归到正常的生活后，有一天得到一个消息，让他震惊万分。
  故事到此发生转折，牵出人类的一艘地底探索飞船失事，领航员被永远困在地心的故事。主人公此时此刻才明白，那些习以为常的青山绿水，为何让女孩如此激动万分。原来，小姑娘并不是宇航员，而是"落日六号"的领航员，落日系列一号到六号，不是飞向太空，而是反向进入地球深处。一号到五号落日飞船都成功了，但落日六号遇到一个大裂缝，无意中突破了预定轨迹，动力舱脱落，直接沉入地心。飞船上的其他人都死了，只剩下她。她被永远孤独地封闭在地心中，那个没有日出的细雨蒙蒙的早晨，是她最后一次看到地球表面。在最后无法联络之前，她依旧会完成最基本的工作，等待着未来有人能找到她，或者是找到她遗留的资料……

　　这部作品荣获中国科幻小说银河奖，改编后被收入部编版语文七年级教材。该小说充满浓浓的文艺风格，有诗意化的技术内核，并倾向关联厚重的文学和复杂的人性，与作者之后通俗化的叙事风格有明显的区别。相对于读者而言，带给他们的价值取向和阅读取向，也开始逐渐清晰。

　　小说关注的是人类未知的命运，以及在未知中如何实现个体的价值和整体的价值，借助未来，反思当下。越来越多的人生活在了麻木冷漠中，也越来越孤寂，失去了珍惜美好的能力。当有一个点触动了人们的内心，再换一个角度去审视生活时，很多事情才会豁然开朗。而作者的这篇小说，或许会带给读者启迪——拥有平凡，才是最真实和幸福的生活。

地火

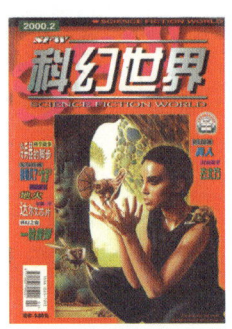

《科幻世界》
2000年第2期

《地火》讲述主人公年少时在煤矿生活，长期与煤矿工人接触，而他的父亲长年在井下工作，患上了职业病，生命弥留之际，未能留下嘱托，带着诸多遗憾离去。主人公似乎读懂了那些遗憾，发愤图强，并出国深造。多年后，主人公学成归来，带着科技成果以及政府的支持，雄心勃勃，想要了却那无言的遗憾。殊不知，煤矿产业下滑，大的市场环境磨去了矿长对未来的信心，再加上消防队长对亲身经历的地火的描述以及外部的施压，让主人公的气化煤改造计划困难重重。

主人公极度自信，排除万难，大展拳脚，初期顺利，搭建的实验型煤矿取得成功，不用下井也能挖出煤炭，主人公父亲的悲剧将不再上演。到了后期，主人公一意孤行，不听消防队长以及矿长的劝阻，将实验范围扩大，最终酿成惨剧。出乎意料又在情理之中的巨大灾难，连续燃烧的地火，无法挽回的重大失误，无数人员伤亡以及资源的损失，使主人公面如死灰，彻底绝望，他似乎是要赎罪，最终走向了熊熊燃烧的地火之中。虽然实验失败了，可还是证明这条路是行得通的。此次事件之后，人类的技术不断改进，最终掌握了安全采气的技术。小说结尾，后人感慨道："过去的人真笨，过去的人真难。"

小说篇幅不长，却气势恢宏，因技术变革失败，导致了一座城市的灾难。而每一次的革新，都是因为出现了危机和灾难才会被推进。换一个角度看，灾难或许是有价值的。小说揭示出新技术变革可能面对的不确定性，再加之个人英雄主义的执着转向狂热、盲目自信，违背了科学技术探索和追求的精神。了解技术，使用技术的同时，也要规避风险、化解风险。诚然，在不断地犯错过程中，文明也在向前一步步走，但在更严谨、更科学的实践中，如何将悲剧进一步遏制，才是这部小说带给我们更深层次的思索。

在作者的创作年谱里，《地火》是一个非常特别的存在，他成长在煤矿，父亲又是煤矿工人，小说又是煤矿题材，而主人公的名字又叫"刘欣"，所有的背景如此接近作者本身，有情怀，有回忆，更多的是作者从自己的角度诠释过往。时间如何亘古不变地前行，也无法碾碎记忆中的希望之火，那些记忆会生根发芽，在特殊的时间段内结出果实，用另一种方式去承载过往。所以《地火》的文学价值要远远异于作者的其他作品。

流浪地球

《科幻世界》
2000年第7期

《流浪地球》
英语封面

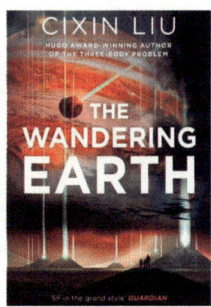
《流浪地球》
英语封面

《流浪地球》
（漫画版）英语封面

三个多世纪前，天体物理学家发现太阳将产生氦闪的剧烈爆炸，太阳将变成一颗红巨星。人类在以后的太阳系中将无法生存，唯一的出路就是进行星际移民，按照目前人类的技术力量，全人类移民唯一可行的目标就是人马星座比邻星。关于移民方式，飞船派和地球派各执己见。庞大的地球逃脱计划开始实施，整个移民过程将延续两千五百年，一百代人。计划分五个时代。

第一个时代，刹车时代。人类为了把地球推出太阳系，须让地球停止自转，人类研究出重元素聚合技术，地球自转刹车用了四十二年。主人公出生在刹车时代。他上小学时，老师带着三十个孩子进行了一次环球旅行，近距离地看到了人类建造的力量，即建造了最大的机器——地球发动机，看到了发动机喷射出的等离子体光柱。刹车时代对地球的影响触目惊心，地球发动机加速造成的潮汐吞没了北半球三分之二的大城市，发动机带来的全球高温融化了极地冰川，大洪水更加肆虐。主人公的爷爷面对刹车时代的酷热，在一场大雨中兴奋地冲出家门，以为大雨会像从前那样清凉，可是却被烤热的雨水烫伤，烫伤感染后，爷爷在最后弥留之际，反复念叨着："啊，地球，我的流浪地球啊……"

第二个时代，逃逸时代。由于地球变轨加速，地面的环境变得很可怕。为了生存，人类在建造的大型地下城学习、生活。随着地球和太阳的距离越来越近，每次到达近日点时，社会上关于氦闪的谣言四起，大家在平息中一次又一次酝酿着恐惧。主人公的父亲是一名近地

《流浪地球》英语封面　《流浪地球》法语封面　《流浪地球》（漫画版）法语封面　《流浪地球》日语封面

轨道宇航员。父亲告诉他，必须抱有希望，希望是这个时代的黄金和宝石，不管活多长，都要拥有它。这个时代，地球大灾难接踵而至，火山横行，岩浆涌入地下城，许多生命被夺去。但生活还在继续，联合政府恢复了中断达两个世纪的奥运会，在参加体育项目时，主人公认识了日本女子加代子，他们结婚并申请到了生育权，大家为了他们能够延续人类生命而举杯庆祝。之后，他们看了反物质炸弹的第一次闪光，看到了火流星等，他们在地下城感受到流星不断击中地面的震动，灰尘弥漫，星星和太阳都消失在无际的灰色中。他们回到亚洲，到地面太空舰队寻找父亲，才得知父亲在清除地球航线上的一颗小行星时，被一块反物质炸弹炸出的碎片击中死了，被追授了一枚冰冷的勋章。地球将在远日点到达木星轨道，这两颗行星将在几乎相撞的距离上擦身而过，在木星巨大的拉动下，地球将最终达到逃逸速度，被甩向外太空。

第三个时代，流浪时代I（加速）。离开木星后，亚洲大陆上一万多台地球发动机再次全功率开动，不停地运行五百年，不停地加速地球。在地球脱离太阳系的过程中，有人发现几个世纪以来，太阳各方面参数都没有变化。于是流言四起，称"流浪地球"计划背后是企图控制人类的罪恶阴谋，继而民众发动叛乱。加入反叛阵营的人越来越多，原本的政府军也不断倒戈。联合政府不想对地球造成无可挽回的破坏，他们选择放弃抵抗。叛军获胜后，将五千多名科学家和联合政府的人员流放到严寒的地表活活冻死，所有的地球发动机全部关闭。

   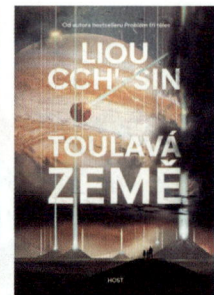 

《流浪地球》塞尔维亚语封面　《流浪地球》德语封面　《流浪地球》俄语封面　《流浪地球》捷克语封面　《流浪地球》波兰语封面

正当他们为"胜利"欣喜不已时，太阳氦闪暴发，太阳变成红巨星，太阳死了。

第四个时代，流浪地球Ⅱ（减速）。地球在寒冷广漠的外太空继续着他孤独的航程。地球走完三分之二航程后，将调转发动机的方向，开始长达五百年的减速。地球在航行2500年后，将泊入比邻星的轨道，成为它的一颗卫星。

第五个时代，新太阳时代。主人公仿佛看到了人马座三颗金色的太阳在地平线上依次升起，万物沐浴在温暖的光芒中，蓝天绿地，种子发芽，子孙欢笑……一切都是充满希望的样子。

《流浪地球》在作者的中短篇小说作品中非常具有代表性。在巨大灾难面前，不同于以往的驾驶宇宙飞船寻找新的家园，而是带着家园逃亡的设定，既有着典型的中国式思维——家国情怀，又富有浪漫主义美学特征。虽然作者曾说自己是百分之百的飞船派，但因为让地球去流浪更具科幻美感，所以做出了"流浪地球"的选择。这篇小说还展示了一种独特的科幻文本，第一次将宏观的大历史作为细节来描写，使得对历史的大框架叙述成为小说主体，既有丰富震撼的画面感，又有身临其境的真实感。

2018年12月11日,"行星发动机全景版"海报发布(来源:电影流浪地球官方微博)

电影《流浪地球》

  《流浪地球》是由郭帆执导,吴京特别出演,屈楚萧、赵今麦、李光洁、吴孟达等领衔主演的科幻冒险电影。影片根据刘慈欣的同名小说改编,故事背景设定在2075年,讲述了太阳即将毁灭,毁灭之后的太阳系已经不适合人类生存,而面对绝境,人类将开启"流浪地球"计划,试图带着地球一起逃离太阳系,寻找人类新家园的故事。该片于2019年2月5日在中国内地上映。

刘慈欣创作年谱（1999—2022）

2019年1月15日，"冒险一搏"主题海报发布（来源：电影流浪地球官方微博）

2019年2月12日，光明日报刊载文章《〈流浪地球〉何以动人》

2019年2月14日，人民日报刊载文章《〈流浪地球〉折射源自现实的未来感》

2022年12月14日，"星辰"海报发布　　　　　　2023年1月1日，"微笑"海报发布
（来源：电影流浪地球官方微博）　　　　　　（来源：电影流浪地球官方微博）

电影《流浪地球2》

《流浪地球2》是由郭帆执导，吴京、李雪健、沙溢、宁理、王智、朱颜曼滋领衔主演，刘德华特别演出的科幻电影。该片于2023年1月22日在中国和北美地区同步上映。

该片故事围绕《流浪地球》前作展开。以提出计划将建造1万座行星发动机的时代为故事背景，讲述了"太阳危机"即将来袭，世界陷入一片恐慌之中。万座行星发动机正在建造中，人类将面临末日灾难与生命存续的双重挑战的故事。

刘慈欣创作年谱（1999—2022）

2023年1月11日，IMAX专属海报发布
（来源：电影流浪地球官方微博）

 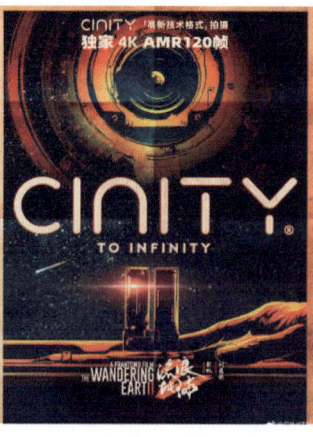

2023年1月11日，CINITY专属双海报发布
（来源：电影流浪地球官方微博）

2023年1月13日，出发预告
（来源：电影流浪地球官方微博）

作品年表 / 中短篇小说

2023年1月17日，危机海报发布（来源：电影流浪地球官方微博）

人民藝起評：從《流浪地球2》感受硬核科幻的重工業美學

李飛

2023年01月30日13:15 | 來源：人民網-觀點頻道

　　《流浪地球》系列作為近些年來中國科幻現象級大片，受到廣泛關注。如果說《流浪地球1》標誌著中國重工業科幻的起跳點，那麼《流浪地球2》則代表目前中國重工業電影奇觀制作水平，甚至媲美好萊塢大片。

　　實際上，《流浪地球2》電影伊始一個外國醫生講解"人本質上就是一堆電信號"，並認為數字化使人獲得永生的觀點之際，已讓人誤以為進入了好萊塢電影的場景中。只是劇情后期展開以及主角，提示著人們這是一部中國科幻電影。作為《流浪地球1》的前傳，《流浪地球2》主要描述了"流浪地球"計劃的前身——由中國提出的"移山計劃"是如何變成"流浪地球"計劃的。

2023年1月30日，人民网发表文章
《人民艺起评：从〈流浪地球2〉感受硬核科幻的重工业美学》

乡村教师

《科幻世界》
2001年第1期

在黄土高原一个贫瘠的村庄，一位乡村教师为了救自己学生，在与狼的搏斗中死去。这位被救的学生，初中毕业后，带着老师对乡村教育的牵挂期许，坦然地回到这个村庄，也当起了一名乡村教师。这位乡村教师，任教过程中遇到了各种各样的"摩擦力"。因为这里的人们可以把村里唯一的拖拉机拆了、分了，把扶贫送来的潜水泵因电费贵卖了，把地卖给重污染工厂，拆掉学校的椽子木修村里的老君庙，村里的光棍汉不去种地，一年穷到头等着年底县里的救济，这里的人们对于教育的认知贫乏。但这位乡村教师，克服一切困难，用尽一生，在孩子们的心中燃起科学和文明的火苗。

平时，他用自己的工资给学生代交学杂费、改善伙食。当他得知自己患有食道癌后，已经拿不出做手术的钱了。在他生命的最后时刻，他给孩子们讲述了他们并不理解的牛顿三大定律，并让他们反复背诵。他把自己的生命全部倾注在这所乡村小学中，他为孩子们点亮了蜡烛，燃起了希望。最后，他却悄无声息地离开这个世界。

在距地球五万光年的地方，在银河系的中心，碳基文明和硅基文明开展了惨烈的生存竞争。这一场波及整个银河系的星际大战，延续了两万银河年，接近尾声。在最后决战中，硅基帝国的最后舰队被赶到银河系最荒凉的区域：第一璇臂的顶端。碳基联邦舰队，将在第一璇臂的中部建立一条五百光年宽的隔离带，隔离带中的大部分恒星将被摧毁，用来制止硅基帝国的恒星蛙跳，确保碳基联邦不再受到任何严重威胁。在摧毁隔离带恒星前，碳基联邦组织开展生命级别的保护甄别，以拯救银河系中更多的高级和低级生命。

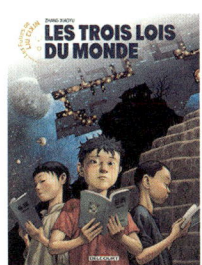 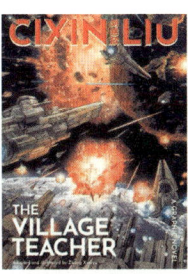 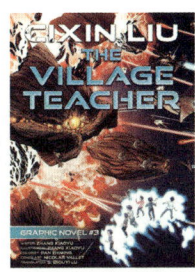 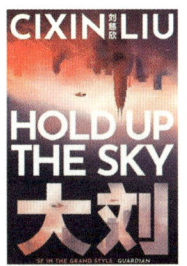

《乡村教师》（漫画版）法语封面　《乡村教师》（漫画版）英语封面　《乡村教师》（漫画版）英语封面　《乡村教师》英语封面

　　碳基联邦决定，隔离带周围已形成 3C 以上文明的恒星必须被保护。3C 文明测试开始。西北地区的那所山村小学，正好位于检测波束圆形覆盖区的圆心上。检测的题目，正是老师在生命最后教授的牛顿三大定律，孩子们通过了测试，地球碳基文明得以保留，并被检测为 5B 文明。

　　这让碳基联邦惊叹不已。他们无法想象没有记忆遗传，相互间用每秒 1 至 10 比特的速率进行声波信息交流，没有任何外部高级文明培植的情况下的物种，进化成为 5B 文明。他们发现了一个特殊的个体——教师。教师承担起了文明进化所必需的代际之间知识的传递和积累，教师让人类文明薪火相传。

　　地球像一颗星球海洋中的美丽珍珠，宇宙对于生活在地球上的人们，是希望和梦想的无限源泉。生活在那个村庄的孩子们，也将带着希望活下去。

　　《科幻世界》刊登这篇作品时，开篇有一段作者的附言：这篇小说重点放在营造意境上……从中你将看到中国科幻史上最离奇最不可思议的意境。作品非常独特，将农村的现实与遥远的宇宙相结合，描述了两个截然不同的世界，创作了一篇现实与幻想相互交融的科幻小说。结尾最终落在人类知识的传承者——教师，是他拯救了人类文明，即使身处贫瘠的乡村，却是人类的希望所在。

刘慈欣创作年谱（1999—2022）

微纪元

《科幻世界》2001年第4期

一万七千年后，太阳将发生能量闪烁，为了避免太阳能量闪烁引发地球文明的毁灭，人类从容地想着逃生的办法。人类发射了一艘恒星际飞船——方舟号，在周围100光年内寻找带有可移民行星的恒星，方舟号的八名宇航员被称为先行者。方舟号掠过六十颗恒星，也是掠过六十个炼狱，先行者中有七人去世。仅剩的一位先行者带着方舟号在地球时间启程25000年后回到太阳系，直冲地球飞去。地球已经经历了太阳剧变，他期待的蓝色星球变成了黑白相间的地球，只有黑色的大陆和白色的海洋，人类文明已成为过眼烟云。

他通过飞船上接收到的视频信号，看了2000多年前的大灾难景象，蓝色的天空浓烟密布，城市的高楼在浓烟中熔化，灼热的岩浆在大地上泛滥，大海变成水蒸气蒸发……历经上百年，海水蒸发形成的阴云才散去，世界变得更加寂静。他从屏幕中见到一个小姑娘——"地球领袖"，他从小姑娘口中得知，第一艘方舟号发射之后，又发射了十二艘方舟飞船，他是生活在地球上的最后一个人。旅行的最后几年，先行者通过虚现实游戏度过光阴，他在寂寞中经常构筑无数个虚世界，他在飘忽中看到人们像都有了"轻功"一般，经常在空中自由飘浮，他一直认为这是由于他思维的飘忽性所看到的假象，也理解濒临毁灭的世界中，人们是不会有清晰和正常的思维。先行者按照小姑娘的指引着陆，孤独笼罩着他。他突然觉得之前的飘忽影像是真实的，人类生活在微型城市中，人类还在，文明还在。

在大灾难来临之前，人类想尽一切逃生的办法，最终想出了将人类体积缩小十亿倍的方法。人类通过基因技术和纳米技术，培育微人类，这样人类消耗很微小的资源就能生存下来，微纪元的人类自由自在地生活着。小姑娘讲述着微纪元的历史，宏纪元的人类和微纪元的人类就接管世界政权还引起了轩然大波,爆发了一次世界大战。宏人面对微人这样看不见的敌人,最终失败,微人掌握了世界政权。当先行者带着微人人群来到方舟号,先行者最后一点优越感也荡然无存,因为微人也有飞船队,能到达金星。微人消耗极少的能量延续着人类的文明,他们面对未来是乐观的,微纪元社会尺度的微小,让微人在宇宙中的生存能力增强了上亿倍。先行者请求微纪元接纳他成为一名普通的公民,并将方舟号上收藏的地球上几十万种植物的种子和动物的胚胎细胞送给微纪元。他想象着春暖花开、鸟语花香,这将是微人一个天堂中的天堂。他将宏人胚胎细胞毁灭,没有什么能威胁到微纪元了,微纪元是无忧无虑的纪元,微纪元一定会将人类文明传承发展下去,并且会有一个更好的未来。

　　《微纪元》是作者的早期作品,与《流浪地球》算是同一个系列。这篇文章为地球面对太阳灾难提供了另一种乌托邦化的方案——将人类文明微缩化。小说中写道"他们在整个文明史上一直用(消毒剂)这东西同细菌作战,最后也并没有取得胜利",就像恐龙灭绝,蚂蚁生存下来那样,越是微小,越容易生存。

　　这部作品的主题也非常契合当下的环保理念,人类社会微小化,减少消耗量,从而可以达到物质极大丰富的状态。尤其是在描写宏人与微人相处的对比中,鲜明体现了微人的生存优势。作者在《文明的反向扩张》里完整地阐述了其中的原理,减小自身尺度就等于扩大生存空间,这种反向的扩张,文明内敛自足,为人类的发展提供了新的思路。

纤维

《科幻世界》
2001年霹雳与玫瑰号

主角是一名飞行员，在驾驶飞机时意外闯入了一个奇怪的世界，被登记员叫去进行登记，并告诉他："你走错纤维了。"正在主角感到奇怪之时，发现还有另外三位意外闯入的人，因为一些"常识问题"进行了激烈的争吵。他们的世界中，有的地球是深灰色的、深紫色的，甚至是粉红色的，有的地球有三颗卫星，有的计数的进制是五进制、十进制，有的计算机是算盘，有的是竹片……但是计算机的进制倒是统一的，都是二进制。

登记员解释说，这里是纤维世界，量子力学的多元宇宙是存在的，一个量子系统每做出一个选择，宇宙就分裂为两个或多个，包含了这个选择的所有可能，由此产生了众多的平行宇宙，这是量子多态叠加放大到宏观宇宙的结果。这些平行宇宙叫作纤维，这些萍水相逢的地球人来自邻近的纤维，所以世界比较相似，虽然可以互相交流，但仍然有巨大的差异。超光速航行会产生虫洞，导致平行世界的人误入纤维世界。

故事的最后，主角拒绝了另一个宇宙纤维中一位女孩的求爱，然而在后来主人公利用"纤维镜"进行观测时，却发现另一个自己已经与女孩成了夫妻。原因就是当主角做出了不随女孩走的决定时，宇宙一分为二，产生了另一种可能的纤维宇宙。

这部作品字数不多，但结构精练，核心主题是"平行宇宙"，是作者独一无二的作品。他形象地用"纤维世界"表现了平行宇宙的分裂情况，并通过四个误入者的对话展现了不同的宇宙世界，既有相似之处，也有很大不同。这种不同在科学技术的差异上体现得尤其明显：登记者所处的世界已经可以进行超光速航行，并将可以观测平行宇宙的纤维镜当作纪念品随意赠送。小说的结尾主角回到了自己的宇宙，但同时分裂出另一个与女孩共度余生的世界，给出了更加美满的结局，充满了浪漫主义色彩。

《命运》

《科幻世界·惊奇档案》
2001年太阳舞号

艾玛夫妻二人租了一艘小飞船在太空中度蜜月，意外地发现有一颗小行星的轨道即将与地球相交，他们用飞船上的一台发动机将这颗小行星炸离轨道，变轨成功，小行星将不会撞击地球表面，夫妻二人拥有了救世主般的喜悦和自豪。

当他们飞回地球时，多次和地球联系，没有回音。他们突然发现地球已经回到白垩纪时代，这是由于他们误入时空蛀洞，时空蛀洞是利用时空跃迁的方式进行恒星际航行。通过时空蛀洞，空间位置不会改变，但是会产生时间的跳跃。地球政府规定，误入时空蛀洞的飞船必须返回，以避免改变地球的历史。这时发现，他们炸离轨道的小行星是毁灭恐龙的小行星。

他们相信人择原理，人类是万物之灵，宇宙选择了人类，地球上会有人类，也会有人类文明。再次穿过时空蛀洞，回到地球，发现人择原理并不成立，世界已经由恐龙统治，人类追求的目标是在"动物园"中成为"观赏人"，而不是成为恐龙的食物"菜人"。恐龙很崇拜救世主，夫妻二人想证明，他们就是恐龙的"救世主"……

这是刘慈欣的一篇短篇小说，虽然篇幅不长，但是故事情节一波三折，包含了太空旅行、时间穿越、改变地球历史、恐龙与人类对世界的统治等内容。故事的结尾采用了开放式结尾，引发了人类关于"命运"的思考。在原本的时间线里，人类文明在地球上达到巅峰，这是一次偶然的机遇，但是人类却把偶然当成必然。人类应时刻保持清醒的头脑，珍惜人类拥有的文明。

刘慈欣创作年谱（1999—2022）

全频带阻塞干扰

《科幻世界》
2001年第8期

　　该作品以虚拟的北（北约）俄（俄罗斯）大战为主题，围绕电子战与电磁干扰，讲述了一个惨烈而浪漫的故事。

　　现代战争，电子战与信息战的重要程度已不言而喻。俄罗斯与北约爆发大战。战争伊始，尽管双方在常规武器方面势均力敌，但俄罗斯在电子战上始终处于绝对劣势，既无法做到对敌干扰，又做不到反制干扰，俄方的一切行动都像是在日光下潜行。每一次来自空中的精准打击，都意味着一个重要目标被摧毁。俄方的防线不断被突破，战场上节节败退。残酷血腥的阵地战外，没有硝烟的舆论战也在进行，北约抓住俄军最高军事统帅列夫森科元帅的儿子米沙远离战争、在太空空间站工作的消息大做文章，在国内外引起流言蜚语，甚至引起了俄方士兵的不满。

　　为了给己方军队的集结争取时间，俄方不得已选择制造了全频带阻塞干扰。这一战术的效果很快凸显——全频带阻塞干扰使双方的电磁设备同时陷入瘫痪，在短时间内抹平了双方在电子战方面的差距，失去优势的北约联军开始手足无措，被迫与俄军打常规战，甚至出现误伤友军的情况。但北约方面还是很快做出了反制手段，集中力量打击俄方的干扰部队，破坏了全频带阻塞干扰设备。米沙的恋人，电子战专家卡琳娜也在此战中牺牲。干扰的消失，使得俄军再次陷入被动，战线又开始收缩，一退再退。就当莫斯科保卫战将要再度上演之际，米沙挺身而出，驾驶着俄罗斯空间站"万年风雪号"主动撞向太阳，用自己的牺牲换来了一场超大范围的全频道阻塞干扰。整个人类世界全部回到了电磁黑暗时代，传统武器重新成为决定胜负的主力，锋利的刺刀再度出现在战场，在阳光下反射出刺眼的光。

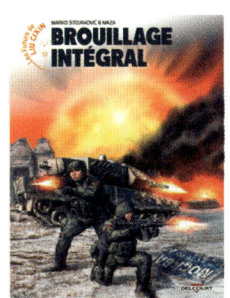

《全频带阻塞干扰》
（漫画版）
法语封面

  《全频带阻塞干扰》是一部饱含时代情感的科幻佳作。20世纪90年代，两大阵营的冷战已随着苏联的解体而烟消云散，但国际局势依旧动荡不安。唯一的超级大国，像一颗巨石，压在每个人心口，让人无法呼吸。那种深深的焦虑感与危机感，就化作非对称的大战，融入该小说的字里行间，深刻展现了作者强烈的时代思考与呐喊。

  整个残酷、浩大的战争故事，将作者特有的科幻浪漫展现得淋漓尽致。在他的作品中，他总是用极致精细的笔触，为作品描上一层浪漫的轻纱。无论是人物、故事、场景，总伴随着朦胧的浪漫美感。无论是撞向太阳的壮烈景象，还是全世界陷入电磁黑暗的"原始社会"，当然都只是存在于科幻中的真实。但这样的想象，总是在让人感叹不可思议的同时，使每个读者都不自觉地在脑海中去将文字构建成"现实"，从而感知到那充满生命力的浪漫想象。

  责任与使命，是贯穿本作的精神内核，严肃悲壮的故事背后，其实是强烈的爱国情怀。三位主要人物，"我尽责任"的卡琳娜，讨厌战争却主动牺牲的米沙，同意自己儿子献身的列夫森科元帅，他们有着不同的爱好和事业，但当祖国遇到危难，正如米沙所说，"到了需要的时候，我也会尽自己的责任的"，他们将毫不犹豫奉献自己的一切。拉低对手的科技维度的战术思路，其实包含了一种深深的无奈。彼时，我们还未拥有足够的国力，先进的武器，于是作者用"全频带阻塞干扰"的"奇兵""奇策"，寄托他对于未来的希望。如今，我们不需要再处处忍耐与退让，曾经的焦虑已在强大的保护中逐渐消散，但对于在那个特殊时期，仍心怀希望，暗中寻光的人们，我们应该报以崇高的敬意！

信使

《科幻大王》
2001年第11期

老人最近一直在忧虑两件事：一件是量子理论，他不喜欢这个理论中的不确定性，在他看来，"上帝不掷骰子"；另一件是人类的未来，原子弹的威力震惊全世界，核武器如同打开潘多拉魔盒的钥匙，他非常担心核武器对人类未来的威胁，同时内心也在不断自责，如果不是自己的研究……为此，他只能用拉琴将自己和世界隔开。

那个年轻人已经连续好几天出现在窗前聆听老人的音乐，在第四天傍晚的雨中，老人邀请他上楼了。分别之际，老人邀请年轻人明天继续来听琴，年轻人却说明天老人会有客人，同时讲出了客人离去的准确时间。一切如年轻人所说，老人十分疑惑。音乐结束时，老人再次发出邀请，这次，年轻人对天气作出了预测，没有偏差。雨后初晴的晚上，年轻人来到老人家里，递给老人一把小提琴，那极细如丝的琴弦，让老人听到了天籁之音。他迷上了这把琴。数十天后，年轻人突然出现了，老人询问是否可以留下这把琴，但得到否定的回答："我不能在现在留下任何东西。"老人又想起了年轻人神奇的预测能力，终于明白，"他不是在预测，是回忆。"

年轻人是来自未来的信使，因为不想看到老人太过忧虑，所以前来带给他两个信息：第一个是人类有未来，核弹在未来全部被销毁，没有再出现用于实战的核弹；第二个是"上帝确实掷骰子"。年轻人告别老人，消失在夜空；老人——爱因斯坦默默站了一会儿，又拿起了那把旧琴。

本作虽然篇幅简短，但人物的形象却丰满立体。

"老人"（爱因斯坦）对于科学始终保持严谨，有着自己的坚持；另一方面，他心怀人类与祖国，一边强烈地担忧人类的未来，但这份担忧却无人诉说，只有自己在孤独中前行，一边祝福、支援"那个遥远的新生的自己民族的国家"（以色列）。一个忧国忧民的科学家形象跃然纸上，也只有如此伟大的人物才会吸引信使的拜见。在得知人类有未来的信息时，他的内心终于得到宽慰。对于爱因斯坦的身份，文中没有故意隐藏，并且给出了诸多的信息，普林斯顿、普朗克、统一场论、广岛和长崎……一切的伏笔，在最后收回的时候，都变得合情合理。

来自未来的"信使"，是一个充满人文关怀精神的年轻人，他的任务是给有强烈的忧患意识的人类精英以宽慰。他穿越时空，怀揣善意地为各个时代的伟人们传递信息，为他们带去温暖，卸下心灵的包袱。尽管知道他们将不久于世，他还是选择隐瞒。这个角色，充分体现了作者对于那些为人类发展做出巨大贡献和奉献的伟人们的崇高敬意。

对于科幻来说，时空穿越甚至算是再普通不过的题材，但作者仍选择用穿越式的对话，向读者传达了他的"高级浪漫"——站在巨人的肩膀上，人类必将拥有未来！

混沌蝴蝶

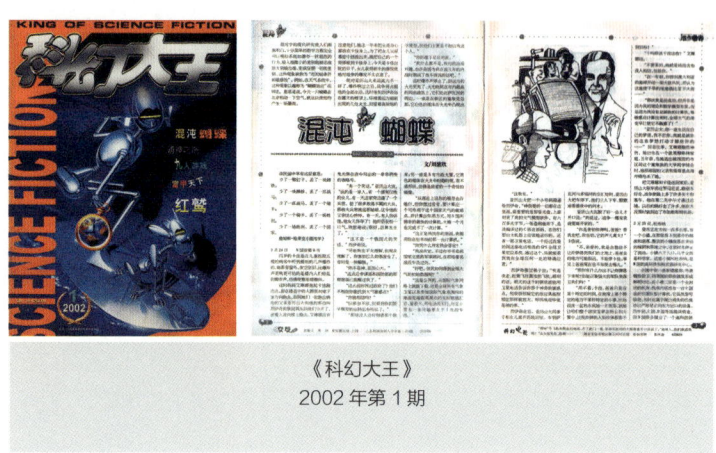

《科幻大王》
2002 年第 1 期

天空一尘不染，视野中没有任何阻碍，但战争的阴霾笼罩在南斯拉夫，每个人都被恐慌和不安包围着。此刻，亚历山大并不能陪在刚做完手术的女儿身边，因为有更重要、更紧迫的任务在等待着他——做一只扑动翅膀、能让自己的妻儿和祖国免受炮弹侵扰的蝴蝶。是的，他的研究能够计算出准确的大气敏感点，这意味着，他能够成为那只真正影响天气的蝴蝶，只需要他在特定的时间和地点，做一件特殊的小事，蝴蝶效应的连锁反应就可以启动，南斯拉夫将笼罩在阴云和大雾中，使敌人和敌人的炸弹无法再看到目标。为此，他告别了妻子艾琳娜和女儿，在好友烈伊奇的帮助下，开始与时间赛跑。

开始的过程很顺利。烈伊奇负责借用超级计算机计算出大气敏感点，亚历山大负责赶到敏感点，改变初始条件，万里之外的祖国就会在几天后阴雨不断。亚历山大的行动打乱了北约盟军的气象情报，为祖国争取到了时间。然而，命运的巨手还是扼住了他的咽喉。超级计算机无法再被借用，无法再跟踪变化的敏感点；妻子艾琳娜在为女儿取药的途中被炮弹击中，女儿卡佳因为缺药也离开了人世。心如死灰的亚历山大，漫无目的地行走在无边无际的南极雪原。他还是点燃了桶里的汽油，正如蝴蝶扑动翅膀。他看着升腾的火苗，只是，这火苗不会为祖国带去阴云和浓雾……

文学是时代的影子。世纪交替之际，复杂动乱的国际局势，使得部分人产生了悲观情绪。在这样的环境下，作者创作了《混沌蝴蝶》，这篇充满理想色彩和家国情怀的作品。1999年以美国为首的北约发动了对南斯拉夫的战争，炮弹无情摧毁着家园，主人公亚历山大希望运用自己的能力拯救祖国，于是化身蝴蝶，"为了苦难中的祖国，我扑动蝴蝶的翅膀……"然而，当战火继续，亲人逝去，他发现自己也仅仅只是一只"蝴蝶"。对于实力悬殊的现代战争而言，阴雨或许可以阻碍一次轰炸，但想要阻止战争，这想法本身何尝不是空中楼阁呢？亚历山大牺牲一切所做出的努力，最终的结果却只是给敌军一个中校的情妇带去一些麻烦，充满讽刺意味。

　　只是，注定失败就毫无意义吗？厚积薄发，正如混沌学中强调积累的重要性，任何时代总需要理想家先点燃火种，一点升腾的火苗，或许不会产生任何结果，但千万火苗汇聚的燎原之火，将势不可挡。

　　精神不灭，理想的蝴蝶扑动翅膀，将为远方带去希望……

西洋

《2001年度中国最佳科幻小说集》
四川人民出版社
2002年1月

很多人都渴望或者幻想过改变历史：如果某件事发生了变化，那结果是否会不一样？明朝永乐年间，在真实历史上止步于非洲东海岸的郑和，并未停下航行的步伐。于是，时间的齿轮出现偏差，后续的历史在此被重新改写。在这个"平行世界"中，郑和下西洋后到达了欧洲，大败西欧联军，之后更是穿过大西洋，到达美洲。

时间来到现代社会，中国已经成为世界霸主，北爱尔兰成为中国的租界，美洲更是成为中国的新大陆，中华文化有着更大的影响力和地域范围。东方艺术充斥欧洲，西方人对于自己的文化则自惭形秽。然而，在这个世界中，也存在着冲突与危机，极端民族主义的思想在旧大陆（东亚）的青年中盛行，新大陆（美洲）则弥漫着分离主义的思潮，种族歧视也屡见不鲜——尽管历史已经出现拐点，但在某些事情上，却依旧与现实无异。历史的必然，或许永远不会被改写。

《西洋》借用历史的反转，表达了对极端民族主义、种族主义、逆民族主义的讽刺。不管是西方发达国家仍占据世界中心的现实，还是《西洋》中强大的中国拥有绝对地位的景象，变的只是不同国家和文明的扮演角色的不同，扮演的是强者还是弱者，与民族无关，与种族无关，只与发展程度有关。种族歧视与文化自卑，总是来源于国家和民族的不够强大。

彼时，我们仍在埋头追赶发达国家，崇洋媚外的思想曾一度甚嚣尘上，追求西方文明，对本土文化充满自卑和质疑的现象比比皆是。在本作中，作者借白人女孩艾米之口，讲述了在反转的世界中，西方人崇"洋"媚外，放弃欧洲文化的现状，一句"我不是到中国来淘金的"，直白深刻地表达了她对这种思想和现象的不屑与嘲讽。

对于文化的态度，作者也表达了自己的认知。文化或许有先后之分，但没有绝对的优劣之别，文化的全球化融合发展是不可逆的趋势。"没有东西方文化的融合，郑和不会接着向西航行"，"我们不像自己想象的那么贫乏"。对于自己文化的质疑，是多么可悲的一件事！数千年灿烂辉煌的中华文化，是我们取之不尽用之不竭的宝库，我们应该坚定文化自信。另一方面，历史告诉我们，没有永远的强者和胜者，"日不落"也会有黄昏的时刻。东方文化更重要，或是西方文化更重要？都不重要，破除心中的不迷信某一文化的想法，融合学习，取长补短，才是保持生命力的可行之路。

作者始终抱有朴素的人文主义思想和家国情怀，他的作品也大多饱含时代色彩和希望唤醒部分迷失人群的呐喊。从这个角度出发，《西洋》的精神内核便显而易见了。

中国太阳

《科幻世界》
2002 年第 1 期

水娃出生在干旱的西北农村，只靠着水窖中积下的一点雨水过活。往年水烧开了还能喝，今年就算水烧开，喝了都会拉肚子，听附近部队上的医生说，是地里什么有毒的石头溶进水里了。水娃收拾了行囊，沿着淹没于黄尘中的小路，离开村庄，迈向新生活的第一步。

人生的第一个目标：喝点不苦的水，挣点钱。

水娃来到矿区小煤窑，吃饭时喝的水居然是甜丝丝的，这让水娃感到非常满足。正因为有了甜水，这个黑乎乎的世界在水娃眼中变得美丽无比。同村的工友一直鼓动水娃进城，说："城里的水才好喝呢！"正在水娃犹豫不决时，工友在井下出了事故。水娃进了城。

人生的第二个目标：到灯更多水更甜的城里，挣更多的钱。

水娃背了一个擦鞋箱，走在城里的街道上，感叹着"这里像白天一样明亮"。在这里，水娃遇到了住在简易房里却每天西装革履的庄宇。水娃了解到，庄宇有固体物理学博士学位，辞职前是大学教授，纳米镜膜的材料是他的一项研究成果，为了给新材料找到出路，每天东奔西走。在一天夜里，庄宇听到新闻里的中国太阳工程感到非常兴奋，终于"抓到了大金鸟儿"，并带着水娃一起去了北京。

人生的第三个目标：到更大的城市，见更大的世面，挣更多的钱。

来到北京，水娃和庄宇分别后，走向了不同的道路，寻找更多机遇。水娃在北京成为高空清洁工，每个月工资一千八百元。

人生的第四个目标：成为一个北京人。

水娃在北京干蜘蛛人的工作两年多，工作虽然危险、辛苦，但他热爱这份工作，工作给

《中国太阳》
德语封面

了他一种奇妙的满足感,并从中学到了一个哲理:事情得从高处才能看清楚。这时,水娃有了一个可以触摸到的梦想——买房子。

一个偶然的机会,水娃遇到了已成为中国太阳工程首席科学家的庄宇,庄宇带着水娃了解中国太阳工程。在庄宇的介绍下,水娃登上了更高的地方,乘坐航天飞机来到了中国太阳,成为一名"镜面农夫",做着擦亮中国太阳的工作。

优秀的"镜面农夫"逐渐承担了更多的工作,更幸运的是水娃在这里遇到了霍金。与霍金相处的经历使水娃迅速成长,也改变了他的思维方式,他将目光投向了更广阔的宇宙。在中国太阳完成了它的使命后,水娃决定与中国太阳一起飞向星海,把人类的目光重新引向宇宙深处。

(本文中"庄宇"这一角色在其他版本中也作"陆海"。)

这部作品有着强烈的对比感:一个出生在农村没有怎么上过学的孩子,将来可以和霍金走在一起;从干旱的土地迈出的脚步,最终却可以走向广阔的宇宙中……像作者大多数作品想要表达的思想一样,人类应该将目光投向更广阔的宇宙。水娃的经历便是普通人"立足大地,仰望星空"的代表,不论自己身处于怎样的艰苦条件下,从来没有禁锢自己的眼界,愿意去攀登更高的目标,并为此甘愿吃苦,始终不忘初心。个人命运与祖国命运紧紧相连,描绘了一个普通人的强国梦,有着深刻的时代意义。

梦之海

《科幻世界》2002 年第 1 期

　　在冰雪艺术节上，颜冬站在自己刚刚完成的冰雕作品前，抬头扫了一眼天空，第一次看到了低温艺术家。它的体积很大，球体一样的形状，悬在半空像一座小山，使地面上的人产生了一种巨大的压迫感。它急速下坠的过程中激起了一圈飞快扩大的雪尘，将周围的人暴露在外的皮肤不同程度地冻伤。颜冬终于看清楚，这悬在半空中的是一个大冰球。

　　这个冰球自称为低温艺术家，来自一个遥远的、人类无法理解的世界。它只从事艺术，看到冰雪艺术节，被吸引而来。它被颜冬的创作理念激发出灵感，声称要去海洋取冰，进行自己的冰雪艺术创作。

　　低温艺术家将大海冻成了一个呈规则长方体的大冰块，大冰块不断上升，在海中留下一个狭长的盆地。盆地四周是高达五千米的海水高山，形成了几千米高的悬崖。液态的悬崖不断向前推进，盆地逐渐缩小，两道悬崖迎面相撞，即将造成有史以来最大的海啸。在这一天，低温艺术家以同样的方式从太平洋取走上百块同样大小的冰块，把他们送入绕地球运行的轨道，形成了壮观的"宇宙骨牌"。

　　低温艺术家不顾人类的生存，不断取走海洋中形成的冰。颜冬提出与低温艺术家进行谈判，但低温艺术家只在意自己的艺术作品，谈判彻底失败。

　　低温艺术家将地球上所有的海洋和冰川洗劫一空后，终于完成了自己的作品：由二十万块巨型冰块组成的冰带，绕地球一周。这些冰块形态各异，构成了一条壮丽的天河。在颜冬的建议下，低温艺术家将这个冰环命名为"梦之海"。

　　低温艺术家在完成自己的作品后离开了，再也没有回来。地球干旱了五年，大地上没有

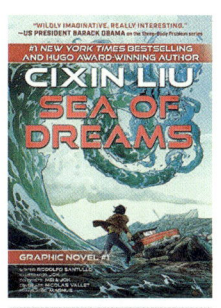 

《梦之海》（漫画版） 英语封面　　《梦之海》（漫画版） 英语封面

一点绿色，树木全部枯死。人类在绝望中一面寻找取回海洋冰的办法，一面为自己制作死亡"纪念碑"。

颜冬带着导光管，加入了海洋回收部，尽最后的努力挽救人类的命运。人们启动减速推进系统，利用导光管和反射镜将冰块迫降到地球上，冰流星不断坠落地面，地球上下起了罕见的大暴雨，人们在雨中欢呼奔腾。人类终于收回了自己的海洋。

十年后，回收海洋工程已经结束，但以后的全球气候仍是极其恶劣的，生态还要很长时间才能恢复。但人类至少可以活下去了，冰环时代使人类学会了满足。冰雪艺术节又重新启动，颜冬及其他前来参加冰雪艺术节的人们聚在一起，他们回顾这十几年的艰难岁月，挨个说着自己存在的理由，最后，他们重新把自己从一群大灾难的幸存者变回为艺术家。回收"梦之海"使人类看到了自己的力量，教会了他们做以前从不敢做的梦。

这是作者"大艺术"系列的第一部作品，他自己非常喜欢，很享受这种十分空灵的世界，一切现实都被抛弃，只剩下在艺术和美的世界里恣意游戏，只剩下宇宙尺度上的狂欢。作者对于外星文明的描写总是一种超越人类的存在，在强大的力量面前人类无力反抗。冰雪艺术家用自己的绝对力量创作了令人叹为观止的艺术作品，即使代价是用光了地球海洋的水，他也毫不在意，毫不掩饰对地球人类的蔑视，在壮观的浪漫艺术中透着人类深深的绝望。作者展现出一种新的文明发展趋势：生命的终极追求的是艺术，甚至可以超脱于生存之外。

朝闻道

《科幻世界》2002年第1期

　　物理学家丁仪带着妻女坐在一辆时速高达五百公里的小车上，行驶在人类迄今所建立的最大的粒子加速器中。这台环绕地球一周的加速器被称为爱因斯坦赤道，借助它，物理学家将实现建立宇宙的大统一模型的梦想。这辆小车本来是加速器工程师们用于维修的，现在被丁仪用来带着全家进行环球旅行。丁仪对女儿解释道："明天，加速器将首次以它最大的能量运行，在其中运行的每个粒子，将受到相当于一颗核弹的能量的推动，他们将加速到接近光速。"

　　与妻女结束为期两天的环球旅行后，丁仪回到环球加速器的控制中心，在沙发上睡着了，进入了一个理论物理学家的梦乡。梦醒后，怪异的事情发生了：横贯沙漠的加速器管道消失了，取而代之的是一条绿色的草带；控制大厅一片空旷，所有设备都消失得无影无踪，原来放置设备的位置也长满了青草；加速器的其他部分也都消失了，地上、地下和海中的，全部消失了。正在大家震撼、疑惑之时，出现了一个宇宙排险者。

　　宇宙排险者告诉人们，是他将环球加速器蒸发了，作为补偿，送给人类能在干旱沙漠快速成长的草。宇宙排险者之所以阻止这个计划，是因为环球加速器如果以最大功率运行，能将粒子加速到10的20次方电子伏特，这接近宇宙大爆炸的能量，可能给宇宙带来巨大灾难——真空衰变。事实上，宇宙排险者在石炭纪时就开始监测地球文明进程，以防人类为了探索宇宙终极奥秘造成毁灭性灾难。但是不论物理学家们如何恳求，宇宙排险者因为知识密

《朝闻道》
中英双语

封准则，不肯说出宇宙的终极奥秘。丁仪为此提出建议：把宇宙的终极秘密告诉他，然后毁灭他。排险者同意了。

消息传出后，来自世界各地各学科的顶尖学者和科学家聚集在真理祭坛前，不顾亲人、朋友，甚至各国政要的苦苦相劝，为了得到宇宙的终极奥秘，愿意以性命交换真理。排险者给人类讲述了他们如何得到宇宙的大统一模型的过程，对人类思想和文化进程将产生重大影响。

随着真理祭坛上闪起一片强光，强光消失后，得到真理的人成为等离子体火球从祭坛上升起，轻盈地向高处飘升。但霍金向宇宙排险者提出的问题："宇宙的目的是什么？"排险者却无法回答。

《论语·里仁》中写道："朝闻道，夕死可矣。"《朝闻道》的核心思想便是取自这句话，充满了浓浓的哲学意味。

自人类诞生之日起，追求真理的脚步就从未停止。人类的目光从地球投向宏伟浩瀚的宇宙，发现在无垠的空间里还存在更高级的文明，还有更多神秘的真理。在宇宙的呼吸间，生命更迭，人类渺小如尘埃，却始终对宇宙、对真理怀有好奇，愿意为此献出生命的科学家，是人类不断探索宇宙奥秘的精神代表，我们应该对他们保持崇敬。

刘慈欣创作年谱（1999—2022）

吞食者

《科幻世界》2002年第11期

漆黑的宇宙中，上校率领的太空巡逻队遇到了来自波江座 ε 星的透明晶体，这是人类与外星文明的首次接触。波江晶体内部浮现出一个卡通女孩的形象，她惊慌失措地大叫着，吞食者要来了！那是一艘巨大的世代飞船，已经在银河系中飘行了几千万年，靠吞食行星大长。

一个世纪后，吞食者将到达太阳系，先行派出使者大牙到达地球，提出了吞食帝国的条件：人类将被作为家畜饲养，成为吞食帝国的食物。通过谈判，大牙同意人类建立月球避难所，但人类要把月球从地球轨道推开，防止月球在引力的作用下，撞击到吞食帝国。在波江晶体的帮助下，人类了解到吞食者的飞船是有加速度极限的，超过一定的加速度就会被撕裂。

人类执行着疯狂的月球推进计划。一百年过去了，吞食者沿着陡峭的运行轨道向地球扑来。月球在核弹的引爆下开始加速，但月球并不只是被推离，而是径直撞向吞食者。早已成为元帅的上校，代表人类向吞食帝国宣战了！然而，当吞食者以四倍于波江晶体提供的极限值进行转向时，月球最终还是与吞食者擦肩而过，人类失败了。

战后两百三十年，幸存的一百多人从冬眠器中醒来，重返地球家园。吞食者已经准备离开太阳系，大牙与元帅做着最后的道别。在那场战争后，吞食并不彻底，少量的大气和水被留了下来。从大牙口中，一个惊天秘密被揭示：吞食者其实是恐龙文明！当初恐龙并未灭绝，而是乘坐飞船离开了地球，为了找到合适的居住空间，他们在银河系中不断航行。上千万年的时间，他们通过吞食行星进行补充，生存竞争已经成为他们的本能，而这也是宇宙的唯一

  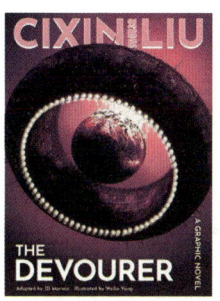

《吞食者》法语封面　　《吞食者》(漫画版)法语封面　　《吞食者》(漫画版)英语封面

法则。大牙拿出了一个盒子，里面是一块土地，一块战前地球上的土地，上面还有青草和蚂蚁，然而，没有食物，它们也将面临消失。最后的地球战士们决定留在不适宜生存的地球，作为蚂蚁的食物，为未来可能出现的新文明保留一丝火种。他们躺在那块土地周围，稀薄的空气中，一切都变得寂静，这是地球有史以来最宁静的一个夜晚。

地球，将会重生。

《吞食者》属于作者较早时期的一篇作品，但从中已经能够看到他强大的想象力和科幻框架。生存竞争宇宙生存法则到《三体》系列中的黑暗森林理论，蛰伏百年的月球撞击行动到扑朔迷离的面壁计划，月球推进计划到行星发动机的设定，这些日后令更多读者惊叹的宏大构思在此时已见雏形。

《吞食者》依旧是一个悲壮而浪漫的故事。在残酷的宇宙法则和强大的吞食文明面前，没有奇迹，只有一百年的隐忍和坚持，只有向吞食帝国撞击而去的决绝与视死如归。作者用朴实的笔触，浪漫而震撼的画面，对人类文明的牺牲奉献、面对磨难坚韧不拔的斗争意志表达了崇高的敬意。整个故事充满了悲壮感与无力感，面对未知，面对宇宙，人类始终太过渺小，但作者仍在结尾保留了希望的火种——哪怕新的生命文明并不属于人类，他们也甘愿成为基石。这是人类的光辉，也是对地球深沉的爱。

诗云

《科幻世界》2003 年第 3 期

  人类的第一次，也是最后一次星战，随着月球与吞食帝国的擦肩而过而落下帷幕。人类失败了，他们将被当作家禽，饲养在吞食帝国中，地球也将成为吞食者的"食物"。在完成对太阳系长达两个世纪的掠夺后，吞食者继续着他们的宇宙航行，然而，"神"的来临打乱了他们的计划——那是一个掌握强大技术的外星文明。

  一个文明，如果能得到那些超级技术的百分之一，就意味着拥有了光明的前景。为了学习到"神"的技术，吞食帝国派出使者大牙前去拜访。人类诗人伊依，作为礼物，将被献给喜欢收集各个星系的小生物的"神"。"神"对人类充满厌恶，在他看来，人类低劣、猥琐，完全没有收藏的价值。但当看到伊依口袋中掉落的古诗，那简单符号背后的丰富含义，"神"突然有了兴致。伊依称诗是"不可超越的艺术"，引起了大牙和"神"的嘲笑。在"神"看来，技术可以超越一切。为了向伊依证明他的无知，"神"化身成人类，并将自己叫作李白——超越李白的李白。

  李白试着融入人类的生活，掌握人类的文化，他成了一名真正的诗人，但仍旧无法写出超越真正诗仙的诗。因此，他选择了另一条路——试遍所有汉字的所有组合，将所有的诗都写出来！甚至，李白不仅要写出所有的诗，还要将他们都存储起来。这令大牙感到恐惧，因为要完成这样伟大的工程，需要整个太阳系的能量，所有的太阳行星，包括吞食帝国，都将被拆解。李白建议吞食文明跃迁到另一个世界生活，但代价是将成为被饲养的家禽。恐龙们愤怒地拒绝了，他们带着最后的尊严，选择战斗到最后。在吞食帝国和神族的帮助下，人类和一小部分活下来的恐龙返回母星，虽然地球已经被拆解，神族还是剩下了其中的一小部分物质建造了一个空心地球。

　　许多年后,伊依、大牙、李白一行在游艇上吟诗航行,他们要到南极去看诗云。抬头,没有人不震撼于那无比壮阔的景象:一片直径一百亿公里的、用原来构成太阳和它的九大行星的全部物质所制造的、包含着全部可能的诗词的星云!面对这伟大的艺术品,李白却承认了自己的失败:在技术的帮助下,他虽然"写出了诗词的巅峰之作",却永远无法得到它们,因为缺乏古诗鉴赏能力,永远"不可能把它们从诗云中检索出来"。

　　智慧生命的精华和本质,真的是技术所无法触及的吗?未来或许可以,但不是现在……

　　《诗云》在故事内容上,承接于作者的另一部作品《吞食者》,围绕"技术与艺术的对抗"展开探讨,是一部通篇都涂抹着浓烈浪漫主义色彩与史诗感的科幻佳作。

　　这篇作品将作者的文字功底展现得淋漓尽致,极具张力与沉浸感。在他的诸多作品中,不乏波澜壮阔的大场景的构建与描写,《三体》中的水滴和二向箔打击,《全频道阻塞干扰》中的"万年风雪号"冲向太阳,《球状闪电》中的宏聚变爆炸……诗云的震撼是足以排在前列的。浩瀚绵延一百亿公里,覆盖了南半球的整个天空,幽幽的银光从中发散而出,如梦境般迷幻、神秘。相比其他史诗感的镜头,诗云少了一份大刘的冰冷笔触,没有过多的悲壮,没有苍白的无力感,多了一份更纯粹的、对于科幻和文字的享受——那漫天的星云,是科技和艺术结合的产物,兼具技术的力量和艺术美感,让人沉醉。

光荣与梦想

《科幻世界》2003年第8期

十七年的战乱与封锁，西亚共和国已经是千疮百孔，甚至连联合国的人道主义救援也将撤离这里。整个国家的体育事业早已荒废，曾经在世界赛场上为国争光的体育健儿们，有的已经在苦难中失去生命，活着的为了生存，也只能沦落在难民营、监狱和红灯区。一个十几年没有过体育比赛的国家，将这群幸存的运动员再次集结在一起——他们将代表西亚共和国参加第二十九届北京奥运会。

当然，事情并不简单。空旷的体育场内，只有分别来自西亚和美国的代表方阵。这是联合国的"和平视窗"计划，一次为消灭战争而进行的试验：运动会将代替两国间即将爆发的战争，成为决定西亚存亡的唯一条件。只有两个国家参加的奥运会，在全世界的关注下拉开序幕。

没有任何意外，西亚共和国在已经进行的各项项目上败得惨不忍睹。苦难的岁月中，这些西亚运动员早已不再具备作为运动员的资格。赛程在沉闷中走过大半，被所有人期待的莱丽和萨里出场了。在体操的最后一场比赛中，尽管已经无法影响到最后的成绩，莱丽还是毅然选择了一套从未完成过的动作，这位曾经的"西亚体育之花"，用生命表达了自己的态度，捍卫了自己的荣誉。令人失望的是萨里，在比赛开始前，他选择了放弃与叛逃。

所有的镜头都对准了辛妮，这个即将参加最后一个项目——女子马拉松的哑巴女孩。她瘦小的身体瑟瑟发抖，只能恐惧地睁大双眼。她的对手，是她的偶像埃玛。马拉松半程已过，辛妮出乎意料地仍紧跟着对手，她能感觉到血管中燃烧的能量在促使她迈出每一步。她知道，那是赛前吃下的药起了作用，但她不知道的是，那其实只是一片维生素而已。无数的记忆片段，如走马灯一般在辛妮脑海中闪过，她仿佛看到了去世的母亲和教练。此刻，成千上万的同胞和观众齐声高呼：辛妮，跑到头！她又想起教练留给她的遗产，那是五个字：光荣与梦想！

燃烧着这最后的能量，她继续前进。在埃玛抵达终点十分钟后，辛妮越过终点线，用生命实现了自己的光荣与梦想！

"和平视窗"失败了，西亚人没有放弃抵抗。赛前叛逃的萨里也在辗转后回到了祖国，他加入高唱国歌的队伍，与自己的国家一起向最后的终点跑去。

于该小说而言，科幻只是一层薄薄的外衣，其中饱含的浓烈的时代情感与国家情怀，才是让人动容的核心。从这方面看，本作与他的另一部短篇作品《混沌蝴蝶》充满了相似之处：同样是苦难的祖国，同样是注定失败的悲剧童话，一个是用生命捍卫光荣与梦想，另一个是为祖国和亲人扑动蝴蝶的翅膀！

丰满的人物形象与震撼的场景构建，仍是该作品的底色。无论是饱经苦难、用生命成就光荣与梦想的辛妮；因曾委身于红灯区而被歧视，却毅然为国献身的莱丽；叛逃却又返回祖国的萨里；为国家辛劳奔走的克雷尔；等等，有限的篇幅内，这些人物形象却足够鲜明，令读者印象深刻。而在作者极为擅长的场景刻画中，如果说辛妮月下独跑的画面是一种小而唯美的悲剧浪漫，那最终在所有人注视与加油下的冲刺则是大而热烈的充满英雄色彩的浪漫。将生命献给自己的事业与祖国，还有比之更幸福、更具震撼力的事吗？

此外，尽管是一部短篇，但该小说仍有很多值得思考的细节，充满了"刘慈欣式"的味道：点燃象征和平的奥运圣火的却是美军司令官，对于理想化的"和平视窗"计划坚信不疑的联合国主席，被认为没有资格手执国旗却第一个牺牲的莱丽，这些充满讽刺意味的描写，何尝不是对于现实的警醒呢？

地球大炮

《科幻世界》2003年第9期

当沈华北第一次从冬眠中苏醒过来时，已经是2125年，这个74年后的世界，陌生得让人有些害怕。灰蒙蒙的天空，太阳只是一团模糊的光晕，空气中弥漫着的刺鼻的味道令他剧烈地咳嗽起来。最刺痛他的，是妻子和儿子都已经去世的消息。沈华北被一群人粗暴地拖拽出医院，从他们口中，他了解到了世界的现状：地球资源枯竭，各国将目标瞄准到南极大陆，为了争夺南极资源，自己的儿子沈渊主导了"南极庭院"计划，利用自己当初发现的新固态材料，打通了一条贯穿地核的、从漠河直通南半球的地球隧道。然而，这一计划却造成了灾难，南极生态很快崩溃，全世界的环境都受到极大影响。持续的经济灾难席卷全球，无数股民与投资者破产，国家经济崩溃，社会也发生严重动乱。这一切的罪过，都被归咎于沈渊！这群人正是当初"南极庭院"计划的受害者，他们亲手将沈华北送入这条地球隧道中，准备用他的生命完成他们的复仇。

当沈华北准备接受自己的命运时，警察救下了他，但根据政府的决定，他将再次进入冬眠。面对警察的嘲笑，沈华北却极度亢奋。他知道，他们口中这个完全失败的超级工程，将随着时间成为人类的骄傲，正如当初未能挡住北方民族入侵的长城，未能使法老木乃伊复活的金字塔，"时间使这些都无关紧要，只有凝结于其上的人类精神永远光彩照人"！

半个世纪后，沈华北第二次苏醒，他再次被一群陌生人带入地球隧道，但这一次，还有一位导游的陪同。如今的地球隧道，没有像他预言的那样成为长城和金字塔，但成了地球大炮，一条向太空发射的超长炮管，一门让探索宇宙变成现实的大炮！脚下的大地在视野中不断缩小，一批批由地球大炮射击而出的太空船如上升的流星雨般壮观！沈华北知道，新时代已经

《地球大炮》（漫画版）
法语封面

来临了。

该作品讲述了贯穿地核的地球隧道工程，在时间的力量下，从被世人唾骂到成为人类骄傲的转折，表达了对于勇于探索的人类精神的赞扬，属于一篇"硬核"类型的科幻佳作。

作者为读者创造出了许多震撼、浪漫的科幻画面。小说中，从南极上空遥望的壮观场景，注定也是其中的经典之一。本作虽然主要以沈华北的视角展开叙述，但真正的主人公却是沈渊，一个为了所探索的科学事业奉献了自己全部的科学家和先行者。我们无法用简单的好或者坏来评价这样一个立体的人，对于未来的世界来说，他是一个为人类做出巨大贡献的殉道者，但对于当时的人来说，他作为工程的主要负责人确实负有巨大责任。一个背负恶魔称号的父亲，却又在地球隧道中日复一日地联系着失事的女儿……一个普罗米修斯式的悲情英雄，或许是对他最好的诠释。

借沈华北之口，作者向我们展示了他对科学技术的态度。历史告诉我们，永远不要低估每一个前沿新兴技术或新工程的潜力。一项技术、一项工程的研发和发展过程大概率都是曲折的，甚至可能导致损失与牺牲，但时间总会证明它的意义。正是无数高瞻远瞩、敢为人先、登险攀难的开拓者，为人类社会的发展、人类文明的绵延流汗流血，才有"后人乘凉"的美好和幸福。那凝结于历史长河中的人类的探索精神，才是宇宙中最绚丽闪耀的星星，是人类为宇宙带去的最好的"礼物"！

思想者

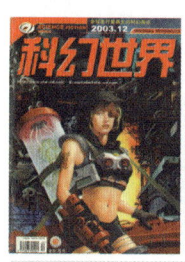

《科幻世界》2003年第12期

三十四年前，思云山天文台，他作为一名见习医生，到此来抢救一位重伤员。在观象台中，他第一次见到她，仿佛从月光中飘来的一片羽毛，他们聊了很多。他喜欢超脱与空灵的感觉，在他看来，大脑比宇宙更加宏大，更丰富多彩，因为思想是无限的。女生的工作是研究恒星的闪烁，这是一个极其枯燥的过程，为此，她需要几十年甚至是一生的时间去观测和记录。女生送给他一幅画，一条用雨花石镶嵌成的曲线，那是太阳的一次闪烁波动曲线。他们完全是两个世界的人，但他却产生了别样的感觉。

当他偶然再次翻到那幅画时，已经是十年后。借着医院春游的机会，他再次踏上思云山天文台，并见到了那个连名字都未问过的"熟人"。依旧是那个相遇的观象台中，他看到一幅与送给自己的一模一样的雨花石镶嵌画，但这幅却是去年人马座 α 星的一次 A 类闪烁波形。这种概率相当于有两棵连最末端的枝丫都一模一样的大榕树。恐惧的感觉充斥在周围，她想到一个可笑的猜想：恒星闪烁在传递！然而，想要证实这个想法，需要等待七年后的天狼星闪烁。她并未挽留男子的告辞，但却约定，七年后如果天狼星真的那样闪烁了，他们就再次在此会面。

诺言得到了履行，这意味着，猜想可能是正确的。但想让科学界严肃面对这件事，需要更多的观测和证据——下一个可观测的恒星是河鼓二星，下一次的见面时间，是七年后。

昔日的天文台已经成为废墟，他们就在废墟上相见。彼时，她已经成为院士，并在主持的研究项目中发现了恒星闪烁的普遍性和传递现象，曾经的猜想被她证实。他并未感到吃惊，拿出一份礼物送给她。礼物由无数米粒大小的小球组成，小球之间相互伸出细杆连接，当打开开关，快速移动的光点在小球间传递，就如同她想象中的恒星闪烁传递模型。医生告诉她，这是神经元信号传递的模型，也就是意识产生的过程。这一切是如此的相似！宇宙是否真的有思想，三十四年前的那次太阳闪烁，或许就是一次原始的神经元冲动，当闪烁在传递中传遍全宇宙，就是一次完整的感受。若是如此，耗尽整个人类文明的寿命，都无法看到宇宙的一次完整的感受。

　　孤独的感觉扑面而来。他想起三十四年前月光下的身影，那一刻，他的大脑中发生了一次闪烁，并在他的心中不断传递。两个接近暮年的身影，在废墟中等待着那颗脑细胞（太阳）的升起……

　　浪漫的故事，浪漫的设定，浪漫的文字，浪漫的思想。该小说可能不是作者最优秀的作品，但一定是他笔下最具浪漫主义的篇章之一。不同于长篇中过分"硬核"的设定，在短篇小说中，作者的想象力与创造力往往更加的不受拘束、天马行空。一段持续三十四年的约定和精神羁绊，绝非部分人所理解的爱恋情感而已，那种别样的感觉，是友情、爱情之上，对于宇宙和人生思考的思想共鸣，体现的是作者深邃的哲学思考——每个人的思想，又何尝不像宇宙一样，穷尽一生却始终逃离不了那深深的孤独感！两个职业、生活、经历完全不同的"陌生人"，却彼此相知相约，共同探索，这是一种多么神奇的情感和联系。人之所以为人，是因为拥有丰富的感受，真实的感觉，连宇宙都无法比拟，这是一种多么幸运、浪漫、奇妙的命运？这就是作者的思想。

　　人脑和宇宙，思想和闪烁，在某种程度上，竟充满了相似性。或许，宇宙正是一个拥有思想的个体，恒星闪烁就是他的思维——作者的想象力令人震撼！这种跨越一切，将人与宇宙联结起来的奇妙感觉，将宇宙思维类比为人类思维的跳跃想象，将该作品的浪漫情怀推向极致，亦颇具哲学意味。至于宇宙到底在思考什么，唯有等待后人的探索与追寻！

圆圆的肥皂泡

《科幻世界》2004年第3期

　　一家三口生活在大西北，爸爸是行政官员，妈妈做着飞播造林研究的工作。虽然生活比较艰苦，但也其乐融融，一家人幸福而快乐。然而在女儿圆圆上了幼儿园大班，在她生日的那一天，妈妈因飞机失事牺牲，从此圆圆失去了妈妈。

　　女儿圆圆从小喜欢吹泡泡，清明节祭奠妈妈的时候，她还亲自给妈妈吹泡泡，她说妈妈会看见的，爸爸因此还生气了。她还说自己最大的人生目标就是吹大大的泡泡。爸爸很是无奈。

　　圆圆在班里学习成绩名列前茅，可是对吹泡泡情有独钟，始终有吹泡泡的习惯，甚至把泡泡枪带到班里，可是老师在家访的时候却大赞圆圆有创新能力。由于缺乏水源，他们所在的这个叫丝路的城市要整体迁移。

　　就在女儿圆圆高考取得理科全校第二的成绩的时候，她还做了一件惊天动地的大事，她吹出的泡泡打破了吉尼斯世界纪录，她的理论基础赢得了专家的赞许。一星期后她离开生长的西北城市，上大学学习纳米技术。

　　女儿的学业和创业都非常优秀。她研究的纳米技术为她带来了事业上的成功，她成为拥有亿万资产的女强人。父亲作为丝路市市长一心想着城市的生存，他不失时机地向女儿提出投资城市水利发展，使这个城市不至于毁灭。女儿心有不甘地拒绝了父亲的请求，她说她有一个更大的计划，这个计划甚至是她自己想用一生完成的一个夙愿，要利用现有技术制造出一种飞液，吹出一个大大的泡泡。

　　两年之后，在父亲的生日这一天，女儿圆圆为父亲送上生日礼物：一个大大的泡泡。这个大泡泡是高科技的产物，可以把十几里之内的物体罩在其内，泡体却不会破损，并且任何物体都不会将它捅破。这一下却闯下了大祸，引起了社会动荡，没有办法处理这个巨大的泡

《圆圆的肥皂泡》
意大利语封面

《圆圆的肥皂泡》
（漫画版）
法语封面

《圆圆的肥皂泡》
（漫画版）
英语封面

《圆圆的肥皂泡》
（漫画版）
英语封面

泡和泡泡带来的危害。连女儿也心觉不安，父亲让所有的人想办法。最终还是女儿圆圆想到掘地火烧才将泡泡烧毁。

此时的父亲却有了一个大胆的设想：运用足够的资金加上高科技的手段，让女儿制造上亿个大泡泡，将海洋上的天气和水汽，通过几千公里的路程，漂流到大西北，在大西北上空泡泡破裂给大西北带来水源，那么丝路市就不用迁移，丝路市就会永久地存在下去，他这个父亲对这片土地深深的眷恋也可以得以满足，他这个市长也为老百姓带来福音。

空中调水的宏大工程进行了十年。在中国南海和孟加拉湾建起了许多巨大的天网，天网在海岸线和海洋上空绵延两千公里，称作"泡泡长城"。无数的巨大的泡泡在空中飘向大西北，把湿润和水汽带到了大西北。

在大西北的某个省会城市，圆圆感受到泡泡工程给当地带来的变化，她享受着这些改变。而丝路市因为搬迁已经走了不少人，但建筑还保持着，相信随着时间的推移和气候的变化会有更多的人会返回，重新回到养育自己的地方。

文章的结尾，女儿圆圆回到父亲的家里，也是自己从小长大的地方，父亲仰在躺椅上，陶醉地哼唱着那首童年老歌，他手里拿着女儿在孩子时代装肥皂液的小瓶儿，还有那个小小的塑料吹环，正吹出一个五光十色的肥皂泡。结尾温馨而浪漫。

此篇科幻小说想象力丰富，把孩子的世界与大人的思维发挥到极致，读来不由得赞叹。这部作品充满亲情暖意，用科幻的方式呼唤人们对环保、对民生、对生活的关注和热爱，大胆地设想用科技的手段改变世界，改变生活，让未来的世界更加美好。

镜子

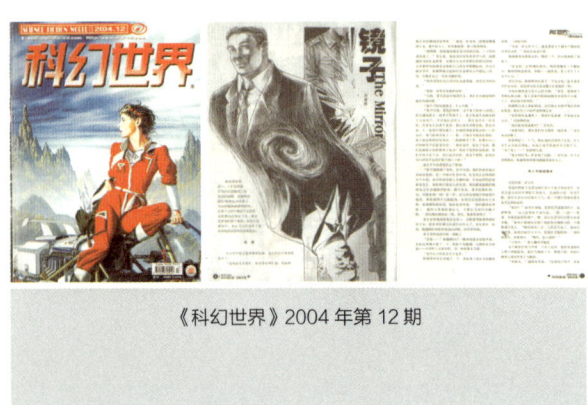

《科幻世界》2004 年第 12 期

"宇宙大爆炸"后,"奇点"作为地球的"种子"而扩张,随着"弦论之类的超级理论的出现",所生成的宇宙中的一切也就都确定了,一条永不中断的因果链贯穿了宇宙中的一切过程,于是一切不再是秘密。

"首长"和现任二级警监陈继峰离奇地发现,他们所做的每件事情都会被提前泄露,而知道此事的只有四个人,并且都是非常可靠的自己人。更加不可思议的是,他们所做的事情几乎同时就被发现了,就像那个人就在现场。此事令人毛骨悚然。

宋诚和吕文明是同学。吕文明经过自己的奋斗当上了省纪检委书记;宋诚则通过人才引进从法学教授摇身成为一名国家公职人员,通过同学和"首长"帮助,一路过关斩将,成为一名纪检部门重要的二号人物。由于吕文明到党校学习,一个重要的案件就落到了宋诚的手上。这个大案涉及国有资产大量流失,国家大量投资遭受损失,无数人失去工作,令他不可思议的是案件牵扯人物众多,官员、要人也在其中,而且直指"首长"本人。案件交给纪检书记吕文明后却落到了"首长"的手里。"首长"当然不会就此罢休,他找到宋诚,提出牺牲别人保全自己,使宋诚有了政绩,也使自己安然无恙,可谓周密,无懈可击。然而,宋诚根本不听劝告,一定要将"首长"绳之以法。然而,宋诚被陷害入狱。正在宋诚觉得无路可走、命悬一线之时,那个令"首长"和陈继峰毛骨悚然的人出现了。他就是气象模拟中心的工程师白冰。他拥有一台超弦计算机,可以发现世上所有人的秘密。只要是之前发生的任何人和任何事情,通过这台计算机,就可以回放。宋诚被害的全过程尽在白冰掌握之中。在"首长"亲自观看了白冰的演示之后,对计算机也很热衷的"首长"完全缴械了,由恐惧变为理性,

《镜子》
法语封面

由阴险地应对变为坦然地面对，他将所有的事情安排妥当后开枪自杀。期间，陈继峰因犯有不可饶恕的罪过也饮弹而亡，罪犯都得到了应有的惩罚。

正当白冰和宋诚认为世界会变得干净而文明，没有罪恶，没有肮脏，没有不道德的行为，迎来一个全新的未来之时，首长的一句话却深深地印在白冰的脑子里："它最后毁灭的，是整个人类文明。"是啊，水至清则无鱼，世界何尝不是这样。当白冰用镜像模拟到未来的时候，整个场景让宋诚惊呆了。世界已经消失，文明不复存在：五年后镜像时代开始了，历史上称为镜像纪元，首先停滞的是文化，因为人性已经像一汪清水般纯洁，没有什么描写和表现的，文学消失了，接着是整个人类艺术都停滞和消失，科学和技术也陷入了彻底的停滞。以后，地球资源耗尽，土地沙漠化，人类仍没有太空移民的技术能力，也没有能力开发新的资源，最后地球消亡。他们把镜像销毁了，但在五个月后，普林斯顿大学宇宙学实验中心，克里斯托夫博士正在进行着虚拟宇宙的实验。

这部作品将超弦计算机的问世置于反腐背景之下，没有复杂的科幻构想，更多的是对社会现实的描写。在超弦计算机中，只要输入参数，就可以看到分毫不差的社会发展，这项技术应用在反腐之中，必将卓有成效。但是当观察者站在上帝的位置去重新审视人类文明，人性的善恶和是非黑白不再界限分明，理想化的纯净社会不一定适合人类文明的发展，二者很难兼顾。"镜子"可以存在于超弦计算机中，也可以在人们的心里，自检，自省。

赡养上帝

《科幻世界》2005年第1期

　　三年前的一个秋日的黄昏，天空中突然出现了无数只"玩具"，这些物体在黄昏的苍穹中均匀地分布着，反射着已落地平线下的夕阳的光芒，这些光合在一起，使地面如正午般通明。以后的几天，人类世界与外星飞船的沟通尝试均告失败，后者对地球发出的询问信息保持着完全的沉默。

　　随后在世界各大城市中，陆续出现了一些流浪的老者，他们没有任何能证明自己身份的东西，也说不清自己的来历，只是用生硬的各国语言温和地向路人乞讨，都说着同样的一句话："我们是上帝，看在创造了这个世界的分上，给点儿吃的吧——"这种老流浪者在不到半个月的时间里增长到了三千多万人，直到这时，人们才把注意力从空中的外星飞船转移到地球上的这些不速之客身上。天空中的流星雨绵绵不断，很快人数已接近一亿。

　　他们是谁？从哪里来？总共有多少人？他们到底是谁？他们到地球来的目的是什么？"上帝"一一做着回复。上帝文明已经老化，个体寿命延长，虽然不能长生不老，但可以生存几百年；飞船破旧不堪，却因为机器摇篮时代——机器完全不依赖于它们的创造者而独立运行，能够自我维护、更新和扩展，上帝们不再掌握维持飞船运行的科学技术，飞船年久失修。是上帝文明培养了人类文明，因此"希望你们尽到对自己的创造者的责任，收留我们。"

　　秋生一家只是赡养上帝的一个家庭代表，他们和上帝的关系从和平共处恶化到不可挽回的地步，上帝感觉到了人类的怜悯，从而决定离开地球继续流浪。在告别之时，上帝嘱咐人类，即使要花费巨大的代价，也要飞出去，任何文明，待在它诞生的世界就等于自杀，人类要到

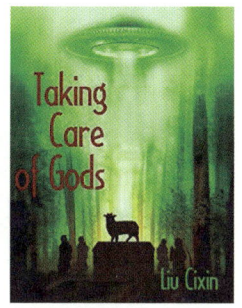

《赡养上帝》
德语封面

《赡养上帝》
英语封面

宇宙中去寻找新的世界新的家。人类文明还有三个兄弟，是上帝创造的其他地球，极具侵略性，必须先去消灭他们，才能避免自己毁灭。这是一场光速赛跑，率先贴近光速航行是突破时空禁锢的唯一方式。

上帝离开时，带走了秋生中学的数理化课本，重新开始学习。地球也恢复了往日的宁静。

小说中像神一样的上帝文明沦落到让他们所创造的地球文明来赡养，听起来非常匪夷所思。作者对于人类社会的未来给出了一个悲观的可能性：科学技术高度发展，人类安居一隅，依赖技术不思进取，被动地等待着文明的凋零。

作者在描写上帝和他的"家人们"相处时情感细腻，用对话的形式传达出小说构筑的世界观。然而在描述上帝文明的到来与离去时，却又场景恢宏，科技感十足。上帝最后带上了中学的数理化课本，想要重新开始学习，修好自己的飞船，继续向宇宙航行，期待着有一天能在宇宙的尽头与心中的她再次相遇，展现了作者宇宙级的浪漫。尤其通过最后上帝离去前对地球人类的嘱托，也传达出作者对于人类文明未来的希望：飞出去，飞向广阔的宇宙。

这部小说还引发了一个对现实问题的思考——养老问题。小说中的上帝文明创造了其他地球文明，但是由于上帝自身已经没有任何用处，便遭到了地球文明的抛弃，这放在宇宙尺度下是合理的选择。那人类社会面对老龄化趋势将会如何选择与应对？

欢乐颂

《九州幻想》
2005年8月

在最后一届联合国大会闭幕音乐会上,各国首脑齐聚一堂,人们一致认为,联合国和她所代表的理想主义都不再适用于今天的世界,是时候摆脱它们了。因此,他们要为联合国举行一场最隆重的葬礼。

就在此时,地球旁边出现了一面大镜子。它的表面对可见光进行毫不衰减、毫不失真的全反射,也能反射雷达波;这面宇宙巨镜的面积约一百亿平方千米,如果拉开足够的距离看,镜子和地球就像一个棋盘正中放着一枚棋子。

"奋进号"航天飞机正在两个地球之间爬行,仿佛飞行在由两道蓝色的悬崖构成的大峡谷中。为了搞清事情真相,一名宇航员进入太空,去进行人类同镜子的第一次接触。没想到,他顺利穿过了镜子,镜子的另一面仍然是镜子。

在他冲向镜子时,耳机中响着指令长的声音,但穿过镜面后,这声音像被一把利刃切断了,这是镜子挡住了电波。更可怕的是镜子的这一面看不到地球,周围全是无际的星空,宇航员感到自己被隔离在另一个世界,心中一阵恐慌。经过确认,这面可能只有几个原子的厚度,但面积有上百个太平洋大的镜子,竟绝对平坦,以至于镜面与视线平行时完全看不到它,这是古典几何学世界中的理想平面。

在宇航员们心中,孤独感开始压倒了震惊和恐惧,镜子使宇宙变得陌生了。他们仿佛是一群刚出生就被抛在旷野的婴儿,无力地面对着这不可思议的世界。

这时,镜子说话了。镜子说道:"我是一名音乐家,是一名恒星演奏家,我将弹奏太阳!"太阳音乐会结束后,克莱德曼提出想让镜子弹奏一首人类的音乐,经过协商,大家唱起了《欢乐颂》，歌声通过镜子传给了太阳，太阳振动起来，把歌声用强大的电磁脉冲传向太空的各个方向。五个小时后，歌声将飞出太阳系；四年后，歌声将到达人马座；十万年后，歌声将传遍银河系……

歌唱结束后，所有人都陷入了长时间的沉默，元首们都在沉思着，他们认为世界还是需要联合国。

镜子以光速飞离太阳，它知道自己再也不会回来了，在那十几亿年的音乐生涯中，它从未重复演奏过一个恒星，就像人类的牧羊人从不重掷同一块石子。飞行中，它听着《欢乐颂》的余音，那永恒平静的镜面上出现了一圈难以觉察的涟漪。

在作者的大艺术家系列作品中，高级文明常常带着人类无法理解的高级艺术形式造访地球，"镜子"这一意象也多次在其他作品中出现。

这篇作品的科幻元素主要体现在与镜子的对话及太阳音乐的演奏。既有宏大的宇宙场景，也有美妙的艺术表演，将科幻与人文相结合，通过艺术表现形式反思人类社会发展史。文中的各个国家都是带着特征的符号，是个体的反思，也是整个社会的反思。在小说结尾，最后演奏的是《欢乐颂》，而非《命运》，表达出了一个核心思想：人类的价值在于我们明知命运不可抗拒，死亡必定是最后的胜利者，却仍能在悠闲的时间里专心致志地创造着美丽的生活。既然无法扼住命运的喉咙，那就只能尽情欢乐。

赡养人类

《科幻世界》2005年第11期

  三年前，上帝文明在离去时告诉人类，他们共创造了六个地球，现在还有四个存在。上帝敦促地球人类全力发展技术，必须先去消灭那三个师弟，免得他们来消灭自己。但这信息来得晚了。

  滑膛是一名专业且优秀的杀手，他接手了十三个世界超级富豪委派的一项暗杀任务，一共三人。滑膛按照地址找到了这三人，一个是城市流浪者，一个是穷得居无定所的画家，加上一个靠拾垃圾为生的女孩子，这三个世界上最贫穷弱势的人，却威胁到了那些处于世界之巅的超级财阀们。这种威胁甚至于迫使他们雇佣杀手置之于死地。当滑膛看到那个靠拾垃圾为生的女孩时，滑膛的心触动了一下。她多像果儿，那个在滑膛怀里死去的、可爱的女孩。

  这让滑膛非常困惑："世界最富有的十三个人要杀死最穷的三个人，这不是一般的荒唐，这真是对他的想象力最大的挑战。"为了搞清真相，他不惜铤而走险，决定去质问委派者。

  总统大厅，社会财富液化委员会的十三名常委已经做好了准备等着他，决定用行动向滑膛解释。富豪们开车带着滑膛在街头向流浪汉、穷人、小孩一箱一箱地发放现金，并嘱咐他们："外星人就要来了，如果他们问起你，你就说自己有这么多钱，就这一个要求……"

  滑膛更加疑惑，富豪们解释道："来到太阳系的哥哥文明其实是一群逃荒者，他们在第一地球无法生存下去。他们要占领我们的地球四号，作为自己新的生存空间。至于地球人类，将被全部迁移至人类保留地，这个保留地被确定为澳洲，地球上的其他领土都归哥哥文明所有……这一切在今天晚上的新闻中就要公布了。"

  "哥哥文明将养活我们，他们将赡养人类，人类所需要的一切生活资料都将由哥哥种族长期提供，所提供的生活资料将由他们平均分配，每个人得到的数量相等，所以，未来的人类社会将是一个绝对不存在贫富差别的社会。""现在要做的很简单，就是在哥哥文明的社会普查展开之前，迅速抹平社会财富的鸿沟！"原来富豪将钱分给穷人，是为了将来人类的生活条件更优渥。可偏偏有些人不愿意要钱。那三个人便是一部分。"业务就是业务，无关其他"，这是滑膛所遵循的原则。当滑膛了解一切后便下定决心执行任务。

在滑膛执行任务时，他的背后站着一名来自第一地球的男子。两人交谈时滑膛得知，最初两个人类文明十分相似，贫富差距也保持着某种平衡。直到一种将知识直接输入大脑的教育技术出现后，富人通过自己掌握的资源使自己完成了超等教育。这使得富人与穷人的知识阶层出现了断层，这二者的差距就好像人和狗的差距。于是社会财富差距急剧上升，最终导致世界百分之九十九的财富掌握在了一个人手中，他被叫作终产者，除了太阳能的一切资源，包括河流、空气、泥土，都属于终产者一个人。这个星球上的另外二十亿穷人无法继续生存在原来的家园，在终产者帮助下通过宇宙航行来到了地球……

这部作品描绘了一个贫富差距的极端悲剧，有着强烈的现实主义色彩，内容承接《赡养上帝》。

小说中有大量黑帮杀手的描写，有种黑暗恐怖的意味。对于人物的刻画虽不是作者的重点，但滑膛这一角色却使人印象深刻。他既心狠手辣，内心又有柔软之处，他的身份将穷人和富人连接起来，从个体来体现两个阶级的世界。

财富"两极分化"一直是人们关注的焦点，无论是从社会地位、影响力还是发展趋向来看，两极分化越大，带来的社会危害也越大。作者通过丰富的想象力和对社会问题的前瞻性，描写了财富分化的未来趋势以及有可能带来的一些后果。

山

《科幻世界》
2006年第1期

  冯帆是一个登山运动员，大学时组织了一支登山队，登过几座7000米以上的高山，最后登的是珠穆朗玛峰。那次登山时遇到了风暴，他们正在海拔8680米到8710米最险的一段上，那是一道接近90度的峭壁，登山界管它叫第二台阶中国梯……风暴刮起的雪雾，一下子就把那四名队员从悬崖上吹下去了，只有冯帆死死拉着绳索。可他的登山镐当时只是卡在冰缝里，根本不可能支撑五个人的重量，出于本能，他割断了登山索上的钢扣，任他们掉下去……其中两个人的遗体一直没找到。当时，是五个人死还是四个人死的问题。自此冯帆背上了这辈子的十字架，为了接受比死更重的惩罚，他选择了远离自己痴迷的高山，成为蓝水号考察船的海洋地质工程师，到海上——离山最远的地方。

  船长和冯帆在船上交谈的时候，发现正上方天顶的一处有一颗星星，很暗淡，丝毫不引人注意。一阵急促的脚步声过后，大副对船长说："收到消息，有一艘外星飞船正在向地球飞来，我们所处的赤道位置看得最清楚，看，就是那个！"冯帆凝视着太空中的球体，它似乎是透明的，内部充盈着蓝幽幽的光，真奇怪，他竟有种盯着海面看的感觉。每当海底取样器升上来之前，海呈现出来的那种深邃都让他着迷，现在，那个蓝色巨球的内部就是这样深不可测，像是地球海洋在远古丢失的一部分正在回归。与此同时，前方的海天连线开始弯曲，海面隆起了一个巨大的水包并急剧升高，像是被来自太空的一只无形的巨手提了起来，最后形成一座高度约9100米的水山。

冯帆认为，这就是命运，为逃避山，他来到太平洋，而就在距山最远的地方，出现了一座比珠穆朗玛峰还高两百米的水山。面对突如其来的变化，船长为了大家的安全着想下令逃命，而冯帆却觉得不如正面面对。一番商讨之后，船长同意登水山，冯帆成为第一个游泳登山的人。冯帆成功登上"海山"之巅，与外星人用生命对话。"泡世界"探险者"加加林"与冯帆对话后驾驶飞船离开了地球，继续探索宇宙。而他们的对话却帮助冯帆找到了生的意义。

作者曾说这篇小说具有长篇架构，可扩展为一部长篇小说。在这部短篇中，故事非常完整，风格也很熟悉，宏大的时间线，细小而令人信服的细节，篇末还升华到对其他宇宙的探索上，体现出了作者深厚的写作能力，但也可以感觉到有些情节还未展开，略感遗憾。

小说中的精彩之处在于对泡世界的描写。这种地心文明的题材也是科幻小说常用的点子，但是作者写出了自己的风格，将泡世界科学发展史完整地展示了出来，与人类社会类似，非常有代入感，这也为《三体》的创作提供了构思。

这部小说的情节设置也非常巧妙，其中不乏对人性的思考。山就是命运，是主人公无法逃避不得不攀登的山，也是地核人不断探索的空间。作者通过主人公和地核人的对话，从人类文明到外星文明，最终回归到人性中，登山即是比喻。山无处不在，想要探索未知，便只能迎难而上。

刘慈欣创作年谱（1999—2022）

月夜

《生活》2009 年 2 月

中秋节的夜里，主人公接到了 114 年后的自己打来的电话，那边是 2123 年。他问道，怎么能活到那时？未来的他回答，从现在再过二十多年，基因疗法将出现，人的寿命将被延长到二百岁左右。

未来的他给他打电话是为了一个使命，上海是所有沿海城市中唯一幸存到最后的，即使向海堤防建得很高很坚固，但由于化石能源造成全球变暖，海面半个世纪上升了二十米。沿海居民迁往内陆，一片凄凉，内陆却陷入大混乱，社会和经济都面临全面崩溃……他们的使命就是制止这一切的发生。

未来的他说，如果从所在的时间开始，全世界在十年内停止使用化石能源，大气变暖就不会加剧，这场灾难就可以避免，并提供了太阳能技术。现在已经把所有的技术资料发到他邮箱了，用当代技术完全能够实现，这也是选择这个时代的原因，再向前就不行了。

他确实收到了邮件，开始思考下一步该怎么做。他在国家能源部规划司工作，现在的任务就是收集国内新型能源开发项目的成果和进展，这份报告直接提交给部长，并在国务院办公厅会议上汇报。国家为应对经济危机投入的四万亿中，有一部分将面向新型能源开发，这次会议的结果将是资金投向的重要依据，未来的他显然是看到了这个机会。

他接到了未来的他第二次打来的电话，对方是 2119 年，比上次早了四年，现在的未来是太阳能技术飞速发展，出现了硅犁技术，太阳能占领了世界能源市场的大部分，化石能源消失了。世界是改变了，但并没有变得更好。对于上次干预历史计划的制定和执行者们，那次化石能源的历史不存在，自然关于它的记忆也不存在。黄浦江都快干了，现在就有几十万人从外滩过江涌进浦东，那是外地涌进城的饥饿大军。城市已经一片混乱，有好几处在燃烧。

太阳能技术失败之后，下一步他必须再次干预历史，这次的技术核心是超深钻井。他回到电脑前，收下了来自未来的第二封邮件，仍是详细庞杂的技术资料，信息量与上次差不多。

《破碎的星星》
德语封面

吸引他的是那片土地，呈现一种没有生气的黑灰色，显然是单晶硅田。地面被一种栅栏似的条状物分割成网格，天空一片清澈的湛蓝，没有一丝云。

当他再次思考如何推广这项未来技术时，第三次电话进来了，是从2125年打来的。未来的他说，地面充满了辐射，你如果不穿防护服，待上半天，肯定就没命，而且死得很惨，血从皮肤里渗出来……在21世纪初，地球电流耗尽了。现在核聚变技术已经取得突破，包括重新恢复的石油和煤炭工业，人类获得了无尽能源，但大部分能源都用于重新将电流注入地核，试图重建地球磁场，可到目前为止效果不大。现在只能补救，那就是删除他收到的两封邮件中的所有信息。

当他想了解更多未来的他的生活时，并没有得到想要的答案。对话结束了，他又回到了现实的世界中。他立刻删除了那两封来自未来的电子邮件和所有的附件，又想了想，他决定把硬盘低级格式化。当低格的进度条走到头时，这个夜晚又变成了普通的一夜，这个曾在这一夜三次改变人类历史，但最终什么都没改变的人，在电脑前睡着了，外面曙光初现，世界又开始了普通的一天，真的什么也没有发生过。

这篇小说同时给出了三种未来发展的可能性，但结局都是毁灭，充满了暗黑色彩。人类用尽各种先进的技术和手段，最终仍然无法解决危机，给人们留下一个令人深思的问题。科技让人类的生命延长，但人类社会没有转型，人类的能源危机该如何解决？这篇作品创作之时，我国政府正投资新能源的开发，作者结合当下的社会热点和前沿技术进行思考，试想了可能用于能源开发的方式。既然地球现有资源无法解决，那可否将目光移向太空，飞出去，寻找新的能源。这也是作者在作品之外的希望。

2018年4月1日

《时光尽头》
花山文艺出版社
2010年1月

  人类可以通过基因改造延长生命技术，去除掉基因中产生衰老时钟的片段，就可将寿命延长至三百岁。
  强子是我的同事，同时强子还有另一个身份是"基延"（基因改造延长生命技术）组织中的一员，他一直在动员我加入他的组织，可我一直在犹豫。我是财务人员，要想加入组织，钱对我来说不是问题，让我犹豫不决的是简简。
  一天晚上，简简突然对我说："我犹豫了好长时间，我们还是分手吧。"我茫然地问她为什么。"很长时间后，当我还年轻时，你已经老了。"后来我明白了，她不是要做基延，而是要冬眠。这是另一项已经商业化的生命科学成果，在零下50摄氏度左右的低温状态，通过药物和体外循环系统使人体的新陈代谢速度降至正常状态的百分之一，人在冬眠中度过一百年时间，生理年龄仅长了一岁。
  我和简简默默地分别了。我没再犹豫，立刻把500万元人民币转到基延中心的账户上。中心主任很快回话："你会为自己的决定庆幸的，因为你将得到的不只是两个多世纪的寿命，可能是永生。"

  小说以生命永恒为主题，从一个平凡人的视角勾勒出对未来社会的一种构想，带着基因技术和虚拟世界的两个思考，将人性的复杂性和不确定性展现得淋漓尽致。永生是否意味着永恒，科技的发展并没有给出答案，而是更加深了人与人之间的矛盾，但小说最终揭示出了生命的意义——拥有更多，就会失去更多。

人生

《时光尽头》
花山文艺出版社
2010 年 1 月

如果记忆可以遗传，人类的后代是不是就能节省学习的时间，智慧远超前辈？

文中，莹博士是研究脑科学的，即研究人的大脑中的记忆和思维。人类的大脑有着很大容量，一个人的脑细胞比银河系的星星都多。以前的研究表明，大脑的容量只被使用了很少的一部分，大约十分之一的样子。莹博士领导的项目，主要是研究大脑中那些未被使用的区域。他们发现，那大片的原以为是空白的区域其实也存储着巨量的信息，进一步的研究提示了一个令人震惊的事实——那些信息竟然是前辈的记忆！

为了证明她的研究成效，莹博士劝说一位年轻的女士参与她的实验，想让年轻女士通过人工授精怀孕，然后通过修改人类受精卵的基因，激活其中的遗传记忆的方式来一次重生。

然而，当莹博士、年轻女士和其腹中的胎儿对话后，莹博士说："我们犯了一个致命的错误，竟然认为复制记忆就能从精神层面上复制一个人，看来完全不是这么回事。一个人之所以成为自己，除了大脑中的记忆，还有许多其他的东西，许多无法遗传也无法复制的东西。一个人的记忆像一本书，不同的人看到时有不同的感觉。现在糟糕的是，我们把这本沉重的书让一个还未出生的胎儿看了。"

作者在极其精练的篇幅中完成了对"人生"的深刻诠释：寥寥数语、轻描淡写的自杀，展现的是人生现实的残酷，吓人的城市，黑暗的寒夜总是令人逃避；然而笔锋回转，婴儿正用惊喜和欢乐的目光，打量着眼前这条属于他的人生之路。这就是人生，当然难，也当然美——一如作者笔下的作品，总有苦难和危机，但浪漫之火不熄，文明之路便不断。

刘慈欣创作年谱（1999—2022）

太原之恋

《九州幻想》
新世界出版社
2010年2月

2009年，金融危机后的紧张社会氛围中，人们都在想尽办法发泄心中的压力。一个女孩编写了名为"诅咒1.0"的计算机病毒，她因此被称为诅咒始祖，刚开始诅咒的对象叫撒碧。这个诅咒不对被感染电脑进行任何破坏，只有当系统条件组合符合某一条件时才进行表现，且每台电脑只表现一次。由于系统拟态，如果杀毒软件杀灭它，极有可能把系统也破坏掉。

诅咒诞生时，恰好写科幻的刘慈欣来到了太原，他最讨厌这座城市了。他买了一瓶ZIPPO打火机专用的汽油，可因为摔了一跤，忘了把汽油带在身上躲避检查，最后被没收还罚款了，这让他更讨厌这个城市了。

金融危机后，石油资源枯竭了，山西的煤炭业发达起来，此时，大刘又一次来太原买汽油，遇到了先写科幻后写奇幻的潘大角，因是旧相识，两人把酒言欢。大刘谈论着自己计划中的鸿篇巨制，大角说，同一个构思，你写科幻版，我写奇幻版。两人一拍即合，立刻抛弃一切俗务，投身创作。

诅咒1.0在网络上传播了十年，在即将销声匿迹之时，被IT考古学发掘网络古董时发现。他们为诅咒始祖起了称号，并把全部代码升级，由此产生了"诅咒2.0"。此时，大刘和大角正在垃圾桶旁边争抢半袋方便面，他们五六年间，虽然分别写作了《三千体》和《九万洲》，但只能变卖家产自费出版，销量惨淡，只能在太原流浪度日。《科幻大王》杂志遵循"反浪潮"科幻的理念，他们上不起网，也很低技术。这一点，将在未来拯救他们。

诅咒2.0继续流传了七年，被称为"诅咒武装者"的女人发现了它，并再次升级，给诅咒2.0增加了一个功能：如果撒碧坐出租车，就撞死他！"诅咒3.0"诞生了。诅咒武装者带着它参加了2026年上海现代艺术双年展并获得好评，虽然诅咒3.0被警方宣布为非法，但仍然被众多的A.I.艺术家看中，给它添加了更多的功能，如用煤气熏死他、放火烧死他等，但诅咒3.0从来没有找到目标。所以在诅咒3.0诞生后的四年中，它仍然只是一件A.I.艺术品。但诅咒通配者出现了，他们是大刘和大角。

中秋节这天,大刘和大角从垃圾桶中翻出一台破笔记本电脑,并修好了它。他们发现里面安装了大量黑客工具和病毒样本,并且有诅咒3.0。

借着酒劲,两人将原本的目标参数的名称、地址,都改成了通配符"*",在争执中,把性别也改成了通配符,只有"太原市""山西省""中国"这三个参数没动。这样,"诅咒4.0"诞生了,太原被诅咒了。

硬操作开始后,第一次大规模清除操作针对自来水系统,随后发生了地铁相撞事件,飞机坠毁,火势疯狂。紧接着诅咒4.0把每户人家都变成死亡陷阱。由于很少接触上网的东西,并凭着在城市中长期步行练就的技巧,大刘和大角逃过了诅咒的前期操作。他俩逃跑时遇到了SFK编辑部最漂亮的两个长发美女骑着两匹骏马蹄出火海,她们把大刘、大角接上马向晋祠方向奔去。幸存者的队伍中还有一个骑自行车的人正是撒碧。由于早年被诅咒病毒骚扰,他对网络产生了本能的恐惧和厌恶,在大撞击开始时,他就骑着这辆绝对没有联网的自行车逃了出来。

山顶上,省市领导走下直升机,看着这座经历了二十五个世纪的城市正在火海中化为灰烬的同时,"诅咒5.0"出现了,在目标参数中,"太原市""山西省""中国"已被换成了"*""*""*"。

这篇小说是作者为数不多的带有强烈喜剧效果的作品,一改往日冷峻的笔触,穿插了很多俏皮话,并"倾情客串",许多读者看来,这是一种"放飞自我"的自黑式狂欢。

文章中将家乡省会城市太原设定为小说背景,对自己和杂志编辑大角进行自嘲式调侃,似在回应外界对他的一些负面的看法。他还将自己计算机专业也融入其中,同时还包含着轻科幻的元素,读来亲切、有趣。但在嬉笑怒骂间,也有对于科幻作家收入单薄、城市的发展过度依赖科技可能产生严重后果的思考。

刘慈欣创作年谱（1999—2022）

时间移民

《微纪元》
沈阳出版社
2010年4月

　　地球是世界的地球，是全人类的地球，是人类赖以生存的家园。地球的生存条件和生存环境直接关系到人类的发展、进步。从古至今对地球环境的破坏，尤其是现代文明的发展，工业化步伐加快，全球建设以前所未有的速度发展，使地球生存环境遭到破坏，摆在人们面前的环境保护问题亟待解决。《时间移民》以丰富的想象力，把一个由于战争等原因造成千奇百怪的地球展现在大家面前，同时告诉我们文明和科技的发展如果不能好好地利用，同样不会带给我们一个好的生活空间。

　　"迫于环境和人口的已无法承受的压力，政府决定进行时间移民，首批移民人数为8000万，移民距离为120年。"本文开篇就直接讲明事件发展情况、脉络，使读者的心提到了嗓子眼。这次移民人数为8000万人，要走向120年后，这么多人怎么走这么长时间的路程？作者用自己丰富的想象思维，带领这8000万人和读者走向未来。

　　其实这次时间移民并不是120年，而一走就是11000年。移民的方式其实是将8000万人分别分成200个冷库，一个冷库冷冻着40万人，然后由接近绝对零度的液氦淹没他们，凝固了他们的生命。

　　由"大使"带领的40万人首先到达的第一站是黑色时代。在这个时代，由于人类战争不断，国家之间互不信任，导致地球变得面目全非，黑色的大地，黑色的树林，黑色的河流，黑色的流云，一切像被天火遍烧了一样。这是一个残酷战争的时代，毫无节制地使用高科技武器，根本不管给地球造成的破坏。大使断然决定返回冷冻仓，继续前行一段时间，因为在这个时代移民根本无法适应，也无法生存，尽管元首向他保证将全力以赴将移民安顿好，尽快适应。离开了黑色时代，大使和移民继续跋涉。临走之前，大使在残存的潜意识中发现不愿意跟他走的桦。

　　第二站到达的是600年之后的大厅时代。让大使感到惊讶的是，大厅时代有6个太阳，整个世界像人工做成的，没有山峦和海洋，天地之间只有一条线，整个世界全部用水晶做成，

《时间移民》
法语封面

这个时代人们不用去学习，所有的知识植入人体就行，他们可以得到他们想要的一切，并且人不会死亡，只要更换器官即可一直活下去，他们拥有了一切，但同时也失去了一切。当然，如果移民留在这里，只能被安排在一个中间地带，过着二等公民的生活。这也是大使无法忍受的，他决定带着移民继续前行。在进入超睡前的朦胧中，大使又见到了桦，桦那让人心醉又心碎的眼神，使大使在孤独的时间流浪中有了家园的感觉。

第三站到达的是无形时代，时间是在1000年以后。无形时代水晶地毯仍然存在，铺满大地，六个太阳也在天空中发着光。但与大厅时代已然不同，六个太阳暗了许多，也有了尘土，地平线也不是那么直了。无形时代分为有形世界和无形世界，在那个时代人们已经成了变形金刚，可以随心所欲地变化，长期存在。但两个世界都不愿意接收移民。当大使知道他们还可以继续跋涉12000年的时候，他毫不犹豫地做出大胆的决定，到11000年后的世界。桦又一次进入了大使超睡前的残存意识中，大使对她喊，我们要回家了。

第四站：回家。11000年之后，当冷冻室的巨门刚刚开启一条缝时，一股外面的风吹了进来。大使闻到了外面的气息，这气息同前三个时代不同，它带着嫩芽的芳香，这是春天的气息，家的气息。大使同委员会的所有人一起跨进了他们最后到达的时代。桦没有留在11000年前，她也一起跟着来了，他们紧紧拥抱在一起。人们高喊：新生活万岁。在一切都结束之后，一切都开始了。

利用冬眠技术跨越时间是作者作品里屡见不鲜的情节，但他创造性地用丰富的、超前的、不可思议的想象力，把一个混沌的世界展现在我们面前，技术的发展使人类有了更多的可能性，不断在时间的长河里前进，最终又回到原点，在一切结束时，又获得了新的开始。时间的跨越在作者的指尖轻松跳跃，与《宇宙坍缩》有异曲同工之妙。他关注当下，放眼未来；关注现实，思考人类；关注生活，理解人性。在不断穿梭的混沌世界中，让我们渐渐地清晰起来。

刘慈欣创作年谱（1999—2022）

海水高山

《新课堂·科普童话》
2014年第9期

冯凡正在参加帆船赛，这是他儿时的梦想。

两年前，冯凡买彩票中了六百万元的大奖，在这之前，他是一名中学教师，在很远的中国大西北循规蹈矩地生活着。中奖后，他卖掉家产，用所有的钱买了一艘运动帆船，到海上开始了训练，为此妻子也离开了他。比赛中，冯凡正在和另一位乘坐剑鱼号、叫作暗黑泡沫的中国选手交谈（有些版本的书中，这位选手是日本人石村一郎），突然看到天上来了一艘外星飞船，停在了三万六千公里高的同步轨道上，成了地球的一颗同步卫星。暗黑泡沫说外星人是来毁灭地球的，建议返航。但是固执的冯凡始终不愿意放弃自己梦想，即使比赛取消，他也要航行下去。

冯凡驾着梦想号继续向前行驶，不断遇到返航的其他参赛帆船，但他却孤独地驶向百慕大。他看到，前方的海天连线开始弯曲，变成了一条向上拱起的正弦曲线，隆起了一个水包，最后升到了顶天立地的高度，变成了大西洋上的一座海水高山。

作为一名物理教师，他很快明白了水山的成因，是因为外星飞船的引力造成的。此时，冯凡产生了一个新的想法：他想让梦想号成为第一艘登山的帆船。

冯凡驾驶梦想号驶上山坡开始爬山，空中巨球的引力与地球引力相互抵消，重力减小，使得帆船在登水山时与在海平面的行驶是一样的。他迅速升起帆，全速向水山驶去。风越来越大，风向却准确地指向山顶。梦想号进入有史以来最猛烈的气旋，但他无所畏惧，享受一生中最美妙的时刻。冯凡终于登上了水山顶，仿佛置身于一个奇妙的世界。由于巨球在太空中的位置恒定不动，旋风眼也很稳定，梦想号已经很难出去了，被陷在了一个风暴的牢笼中。

冯凡兴奋地向巨球挥手，正在享受一种摆脱孤独的喜悦时，外星人飞走了。当他回过神来，发现梦想号漂浮在一望无际的海平面上，海水高山消失得无影无踪。电台传来消息：比赛继续。梦想号已经在比赛航程中处于领先位置，其他选手正在重新起航。

冯凡笑着，升起了梦想号的帆，朝着冠军的终点驶去。

这是一篇非常正能量的作品，极具童话色彩，作为青少年读物具有很好的激励作用。作品中的名字很直白也很有意义：主角——冯凡，是一个不起眼的平凡的人，却怀着不平凡的帆船梦；主角的帆船——梦想号，代表了主角的梦想，和实现梦想的承载物；海水高山，一个在现实社会不可能存在的事物，因为外星人的到来而诞生，亦梦亦幻，不同于我们熟知的山，具有很强的科幻色彩；暗黑泡沫，劝说主角放弃梦想，接受平凡。

主角在别人都放弃的时候选择了坚持，在别人返航时选择迎难而上，支撑他的是从儿时就有的梦想，这个梦想像他的帆，为他带来力量，驱动着他不断攀登。作品中对于攀登的细节描写非常梦幻，也非常浪漫。在一切结束后，就像一场醒来的梦，但却是实实在在的追梦之旅。

圆

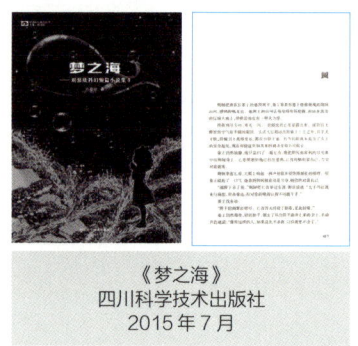

《梦之海》
四川科学技术出版社
2015年7月

燕国刺客荆轲奉命刺杀秦王,在"图穷匕见"后,荆轲却没有动手,反而请求秦王杀死自己。秦王认为荆轲是博学之士,希望他去军中为大秦做些事情。

两年后,秦王再次召见荆轲,夸赞他做了许多有用之事:发明的弓箭用同样的力气可以有一倍的射程;设计的战车装有弹簧,在坑洼的地面也能奔驰如飞……并问荆轲,是如何做到的。荆轲回答,遵照上天的旨意。

荆轲认为,上天的旨意要用上天的语言去参透,上天的语言就是数学,也就是数字和形状,这里藏着宇宙的奥秘。而上天告诉人类这些奥秘,是通过圆。只要算出圆周率,就能参透长生不老的奥秘。秦王被说服了,并许诺荆轲所需要的人力和物力,在两年时间,算到一万位;五年之内,算到十万位。

五天后,秦王询问荆轲计算圆周率的进展,带他来到一座花岗岩石碑前,并告诉他:如果按时计算出了圆周率,这就是为你立的丰碑;如果计算不出来,就是你的耻辱柱,你将死在这里。荆轲不畏惧死亡,声称一定会想出计算方法。

四天后,荆轲请求秦王给他三百万军队,只需简单的训练,三个士兵可以构成一个门部件,三百万士兵将构成百万个门部件,这些部件再构成一个完整的军阵,就能够进行任何复杂的计算,这就叫作计算阵。秦王同意了。

一年后,军队完成训练。荆轲为秦王演示阵列计算,并细致地讲解阵列的运算过程,秦王对每个人如此简单的行为,竟产生如此复杂的智慧而感到惊叹。这时,大将王翦劝说秦王,大部分军力长时间集结于一处开阔地,是十分危险的行为。三百万士兵不是作战状态,在攻击面前不堪一击。但秦王心意已决,坚持进行圆周率的计算。

计算阵顺畅地持续运行了一个月,已经把圆周率计算到了两千多位。运算速度还在加快,预计三年左右就可以完成十万位的计算目标。

正在这时,燕、齐和匈奴突然对秦的运算阵列发起了进攻。秦军毫无反抗之力,尸陈狼藉。随后,燕、齐和匈奴三军会和,包围秦军。经过一个月的屠杀,秦王被俘,秦国灭亡。

秦王坐在那个给荆轲准备的石碑下,荆轲告诉了他灭亡秦国的真正计划,不但要消灭秦王,还要消灭秦国的军队。在死亡来临时,荆轲选择同秦王一起赴死。秦王感到很奇怪。荆轲解释说,其实是燕王要杀他,因为他向燕王建议建立燕国的计算阵。计算阵确实是毁灭大秦的计划,但它本身是一项伟大的发明,这将开启一个新时代。

但在行刑官发出行刑命令后,荆轲却突然想到计算阵列可以不用人,而用机器代替,应该叫,计算机。但为时已晚,巨石落下,秦王的生命终结了,荆轲的希望也破灭了。

这部小说是作者根据《三体》中设定的人列计算机而创作的短篇小说,首次发表是英文版。在《三体》中,宏大的人列计算机场面令人震撼,作者将这样的情节置于战国时期强大的秦国,更体现出人列计算机场面的壮观。这部小说非常适合进行漫画创作,已有国内和国外的漫画出版,生动描绘了人列计算机的运行,用直观的方式对阅读漫画的青少年起到了科普作用。

刘慈欣创作年谱（1999—2022）

不能共存的节日

《科幻世界》2016 年 4 期

  G 是一位外星人，他长期在宇宙中航行，到访过各类星球，接触过好多生命。他把获取的信息通过月球上的中转站传回自己所在的星球。

  1961 年 4 月 12 日，G 的身份是一位在拜克努尔航天基地级别最低的工人，他与总设计师谢尔盖·科罗廖夫一起喝酒庆祝载人火箭升空。他们讨论起地球上的节日，G 认为地球上现在的节日根本不算什么节日，只有像地球上生命细胞的第一次分裂才能算个节日，还有 1961 年 4 月 12 日也算个节日，并把他定名为诞生节。他说地球是一个蓝色的子宫，婴儿只有出了子宫才能称为诞生。科罗廖夫认为他在开玩笑，同时也根本不相信他所说的他是外星人。并且外星人 G 认为那天是否真正成为诞生节，还要等等看才知道。他把一条信息发往月球上的中转通信站，由此发回母星：蓝星纪年 1961 年 4 月 12 日有可能成为诞生节，目前评估可能性为 52.69%，持续监测中。

  转眼到了 2050 年 10 月 5 日，在北京中国科学院脑科学与人机工程研究中心，这时的人类已经可以将数据从一个人的大脑直接输入到计算机中，第一次实现了人与电脑的直接连接。这时的外星人 G 是以一个勤杂工身份出现的。他像以前一样来这里表示祝贺，当他说自己是外星人，1961 年出现在载人航天现场时，人们以为他在讲笑话，因为那样的话，他现在应该一百多岁了。他说他要来地球考察，兴趣是地球的重要节日，他说地球上的节日都不算节日，真正可以算节日的是今天。而今天的研究成果令在场的人无不兴奋，因为有这个研究成果，

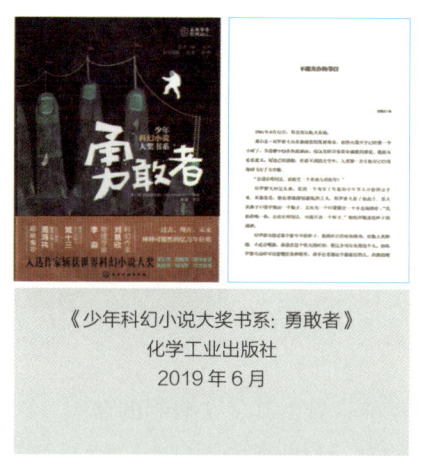

《少年科幻小说大奖书系：勇敢者》
化学工业出版社
2019年6月

人们就可以通过虚拟世界实现美好的愿望，在那里一个人可以拥有整个星球。而在G看来，在未来，因为有这个研究成果，地球人类的现实世界将变得面目全非。现实世界的人会越来越少，都生活在虚拟世界中，人类回到从前的样子，森林的植被覆盖着一切，大群野生动物自由地漫游和飞翔……只是在某个大陆的某个角落，有一个深深的地下室，其中运行着一台大电脑，电脑中生活着几百亿虚拟人类。人们对他所说的嗤之以鼻，不以为然。

G把另一条信息发往月球上的中转通信站，由此发回母星：蓝星纪年1961年4月12日疑似诞生节取消，2050年10月5日确定成为重大节日，暂命名：流产节。

2016年，《不存在日报》集齐中国十二位顶尖科幻作家共同完成了一个以节日为主题的接龙故事，这是中国第一台科幻春晚，这篇小说是作者专门为第一届"科幻春晚"创作的。

作者以幽默的想象，描写了人类社会消亡的一种可能性，并且是一种糟糕的结果。他毫无保留地表达出人类种族在物质上灭绝，只有精神存在，意识变成电子数据在虚拟世界生活，是一种没有尊严的生活方式，"赛博空间"可能导致技术停滞，所以外星人将这一技术的出现命名为"流产节"。人类文明应该走出地球母星，发展科学技术，向外扩张，将目光投向航天技术、投向整个宇宙，这也是作者的精神世界。

黄金原野

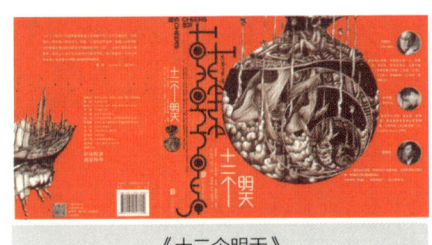

《十二个明天》
北京联合出版公司
2018年8月

  女主人公爱丽丝是阿尔弗雷德·米勒的女儿,她在十九年前带着由其父亲研制的名叫"冬神"的冬眠药物,在没有任何征兆的情况下,乘载"黄金原野"号飞船飞向太空。当时,距离她的父亲在车祸中遇难不到十个小时。麦克和地球上所有人一样一直追随着爱丽丝所乘"黄金原野"号飞船的步伐,关注着,兴奋着。他们可以在网络虚拟世界中与爱丽丝同进退。爱丽丝可以凭借"冬神"药物不停地冬眠、苏醒,等待救援。

  "黄金原野"号飞船是爱丽丝父亲的公司研制的,只能绕月飞行,没有着陆和返回的能力。"黄金原野"号一直保持着与地球的联系,而麦克和上亿人通过网络陪伴着爱丽丝,"黄金原野"号渐渐成为一种文化现象,渗透到社会生活的方方面面,成为全球政治、经济和文化领域都不得不考虑的一个因素。

  人类实施了"阿波罗II"救援计划,然而由于"黄金飞船"距地球越来越远,政府决定终止救援方案,不再浪费物力财力。而人们觉得这个计划就是一个阴谋,现在废止,仿佛正义被邪恶战胜,纷纷走上街头抗议。人们的愿望终于得到认可,原总统下台。新任总统开启了"猎户座"计划,这个计划可以运载40名宇航员和上百号物资在百天内往返火星。然而,现实是残酷的,正当麦克和世界人民一起等待这一浩大的工程完成之时,三年后,"猎户座"计划虽然投入很高,仍然因核反应堆发动机方案的失败,面临流产。

  柳暗花明又一村。正当"猎户座"计划面临彻底失败之际,一个意外的转机使局势发生变化,核聚变发动机的研究有了重大突破。但这时,留给"猎户座"计划的时间也不多了。

  在"黄金原野"号飞船发射后的第十九年,"猎户座"飞船从地球轨道启航,开始了救援远航。

  正当"猎户座"飞船快要接近"黄金原野"号飞船时,却发生了惊人的一幕:屏幕上爱

《黄金原野》
科学普及出版社
2022年1月

丽丝的微笑渐渐消散，接着影像消失了，屏幕全黑。

一切真相大白。原来，并没有传说中的"冬神"，"黄金原野"号上的生命维持资源只能够让一个乘员存活十五天左右。她之所以飞向月球是为了完成她和父亲的愿望。父亲出车祸而亡，就由她完成飞向太空的计划。

爱丽丝最后说："请让我和'黄金原野'号一直航行下去吧，这是一个好的归宿，飞船飞向我和爸爸都想去的地方。"

麦克感慨万千，爱丽丝用实际行动完成了自己的愿望，带给人类无穷的想象，她给全世界上了一课，她的真情感动了亿万人。在她的影响下，世界得到飞速的发展。世界很真实，世界又很虚幻。

在这部作品的题材看似是未来虚拟世界，但其实中心在于对宇宙的探索。

作者描绘了一个沉迷虚拟世界的社会，这是人们常常幻想的美好世界，却也正是作者担心的情况。人们会失去仰望星空的兴趣，对于宇宙的无限奥秘不再心存向往，一心只想在自己的安乐窝里享受科技带来的舒适及丰富的体验感，甚至开始逃避现实生活。小说中的"黄金原野"号可以看作是作者的一种精神寄托和愿望，驱动它的是人们的强大精神动力，它引导着人类的目光飞向了宇宙深处，重新聚焦神秘的宇宙世界。

这部短篇小说的情节设置较为简单，但经过前期的铺垫，后期的反转给人惊喜。内容上，与《带上她的眼睛》有类似之处，一方面都写到了VR技术发展所带来的影响，另一方面，主角都是纯洁可爱的女孩，她们都去往了人类难以到达的空间。VR技术将她们与地球相连，像是美好的化身，牵动着人们的心，承载着人类探索地外空间的希望，也正是作者强烈太空情结的体现。

烧火工

《烧火工》
北京联合出版公司
2019 年 5 月

　　沉在大海里的太阳会在一定的时间露出水面，再让烧火工在其漆黑的表面倒上鲸油，然后用火炬将其点燃，才会燃烧着冒出海水，风吹着一路向西，又沉入海底熄灭，在海底暗流的带动下又流向东方，再露出海面，再由烧火工点燃，周而复始，如果出现差错，那黑夜就会永远存在，白天将不会出现。在这篇小说里，还有一个凄婉的爱情故事。

　　因为深爱的女孩冰儿得了绝症，萨沙来到极东岛上，求住在岛上的唯一的老人救自己的爱人。因为地上的每一个人在天上都有一颗属于他的星星。如果那颗星星生出了毛病，星光照不到那人身上，那人就病了；如果星光长时间暗下去，那人就得了绝症。老人有一本书，能从里面查出每个人的星星在什么地方，登上天，把出毛病的星星修好。萨沙告诉老人自己为了心爱的人可以献出生命。而老人年岁已高，知道自己不久于人世，提出让萨沙接班。男孩答应了老人。

　　准备工作是十分复杂的，制作火药，造上天的火箭。而老人的工作也不能耽误，那就是采煤、猎鲸和炼鲸油。他每天都会在萨沙熟睡时去把太阳点燃。

　　入夜，上弦月出现以后，他们准备登天了。火箭是在发射三次后成功的，历经千辛万苦后，他们成功登上月球。老人翻开那本大书，找到了冰儿的名字所在的页面，确定了他们要去的方位。他们划着桨，随着月亮在天上飞。他们到了所有叫冰儿的星星面前，找到最暗的那一颗，把落在上面的灰尘擦掉。在做这些的时候，老人也没有忘记重要的工作——烧火。

《烧火工》
日语封面

萨沙一直帮助老人干活，同时也在关注大洋那边的消息。四十天后，一艘帆船经过极东岛，船长带来了消息，说冰儿的病在一夜间突然好了，之后就完全恢复了健康，船长让他跟着他回去。男孩是守信用的，他留了下来，他真的要接老烧火工的班。

夜里，老人带着男孩去点燃太阳。

2011年年末，作者在太原开往阳泉的火车上创作了这篇科幻童话小说，有读者说这是工程师童话，既有着作者特有的奇幻浪漫风格，又充满了粗糙的工业生产色彩。

老烧火工长期坚守在极东岛，每天都重复着一件工作，孤独凄凉，但正是这份坚守，使人间有了阳光，世间四季轮回昼夜分明，一个人的坚守撑起整个世界的光明。男孩为了爱，信守承诺，肩负责任和担当，守护着那份荣光，为了人类的光明，接任烧火工的重任。两个人的情谊，承载着人间的大爱。

这篇小说由职业插画师BUTU绘制，在芬兰参加2017年雨果奖科幻大会时展览。画面色彩运用丰富，细节很有质感。对情节的描述上，有写实、有抽象，形象生动，非常贴合小说内容，是一部优秀的儿童读物。

文明的反向扩张

《科幻世界》2003年第2期

当几代人梦想、呼唤、寻找的外星文明终于降临地球时,人类可能面临着他们做梦都想不到的尴尬:外星人对热情伸出双手的人类视而不见,却去和蚂蚁拥抱交谈。这就产生了一个我们以前从未认真考虑过的问题:

谁是地球的户主?

如果你想当然地认为是人类,最后只是发现自己很可笑;文明从树上下来不过百余万年,而真正能把文明称为"我们"的文明史,不过五千余年。而在上亿年前地球的各个古陆上,蚂蚁已建立起它们宏伟的帝国了。相比之下,我们不过是刚刚走进地球这个大房间里讨碗水喝的流浪儿,离户主的级别还差得远。

你当然会争辩说,要向前看嘛!我们有文明,是人类文明提高了地球在宇宙中的地位。

但至少目前,没有证据能证明这一点。你也许会觉得,彗星撞击地球使包括恐龙在内的生物大量灭绝的白垩纪晚期,是这个星球生命史上最恐怖的时代。其实,在我们现在这个时代,地球物种灭绝的速度远高于白垩纪晚期,从这个意义上说,现在才是地球生命史最恐怖的时代!文明,也许是一条使地球生命万代延续的光明大道,也许是使包括人类在内的地球生命走向灭绝的陷阱。

现代技术文明的特点是其扩张性,文明就是不断地开拓,把自己的尺度像吹气球般不断吹大,并不在乎它何时爆裂。

在历史上,想想那充满欲望和激情的大航海时代,在很短的时间内,被文艺复兴唤醒的欧洲文明便蝗虫般地覆盖了地球的每一个角落。

至于未来,如果文明真能延续下去,它必然无限制地扩大自己的尺度,成为巨大的宏观文明。科幻作家对这样超级尺度的文明进行了许多生动的描述。如拉里·尼文的《环形世界》,

描写一个文明所建造的环绕恒星的巨大结构。在艾萨克·阿西莫夫的"基地"系列中，人类遍布了整个银河系。阿瑟·克拉克的《2001：太空奥德赛》中的超级文明，更是用一种人类永远无法理解的超时空结构，整个宇宙都成了他们的庭院。

但我们不是在写科幻小说，要对文明的未来进行稍稍严肃些的超远期预测，都必须在数学和物理规律限定的范围内进行，否则就不是预测而是神话了。

文明向宇宙扩张的第一步，当然是它所在的行星系，对人类来说就是太阳系。你可能知道，生物群落以几何级数扩充是一件很恐怖的事情：假想地球是一个培养基，表面覆盖着一层营养胶体，你把一粒肉眼都看不见的菌种放到它表面的某一点，可能你半个暑假还没过完，这种细菌就已经盖满了地球表面。如果人类获得了充足的技术能力，他们向太阳系的扩张也是这个样子，冷酷的经济规律会使他们像狂风般横扫整个太阳系。这时，你就会发现我们的行星系是一个很小的地方，水星和小行星带的金属、金星和火星上的地盘、木星上的液态和固态氢、木卫二和土星光环中的水，直到冥王星上的甲烷，都是远远不够消耗的！像在地球上一样，人类文明在太阳系中也很快会面临生态危机和生存危机。文明的下一步只能是继续向外太空扩张，这时，它将遇到一堵不可逾越的墙：光速。

没有任何理论和观测证据证明时空蛀洞的存在，空间折叠更是痴人说梦，以目前的理论基础，光速是不可超越的。前面说过，为了不使我们的预测变为神话，必须接受这个限制。事实上，以目前可以看到的宇航动力，如核聚变、光压驱动等，使一艘大型星际飞船达到光速的十分之一已是极其艰难的了。这样，要到达最近的恒星并返回，就需近一个世纪；而要到达真正有可用资源的恒星并返回，则可能需上千年甚至更长，这样的周期是一个经济高速发展的技术文明社会绝对无法忍受的。所以，未来地球文明在恒星际的扩张，其结果很像蒲公英在风中放出种子，最后长出一束束相距遥远的新蒲公英，它们之间无法建立联系，永远成不了一个整体。如果真的存在阿西莫夫描写的银河帝国，那它将是这样一个庞大的瘫痪病人，它的大脑想动一下手指，那根手指要到百万年后才能收到指令，再过百万年，大脑才知道手指是否真的动过。

我们由此可以推断，宇宙间不可能存在尺度跨越恒星的宏观文明。换句话说，用无限扩张空间尺度的方式发展文明是行不通的。

我们现在换一个思考方式，把目光投向相反的方向。这里再回到开始时蚂蚁的话题上：为什么蚂蚁没有像恐龙那样毁灭而生存到今天？其中一个很重要的原因是它们的个体很小，一个由小个体组成的生物群落所需的生存空间和资源很少，因而生存能力更强。同样的空间，可能只够一只恐龙躺下睡觉，对一个蚂蚁城邦来说却是一片广阔的疆土；只够一只霸王龙吃半口的一块肉，却能成为一座蚂蚁城市全体居民一年的口粮。所以，在大自然中，小个体群落的生存优势是不言而喻的。大自然也许已经意识到了这一点，从自然选择的趋势来看，生物有向小个体进化的趋势。

减小自身尺度就等于扩张了生存空间，我们把这称为文明的"反向扩张"。

从长远来看，反向扩张可能是人类文明的必由之路，它在技术上要比打破光速壁垒更现实一些。这就需要人类用技术干预自身的进化，不断缩小自己的个体尺度。目前可以想象得到的技术是基因工程，按照目前这项技术的发展延伸开去，不难想象，人类有一天可以像编制计算机软件那样操纵基因，那时的生物学将创造出我们难以想象的奇迹。现在的地球，体积最小的、与人类较为相似的哺乳动物是鼠类，借助于基因工程，人类最终有可能把自己的个体缩减为白鼠大小。如果人类的个体达到这个尺度，世界在他们眼中将发生根本的变化，想想现在我们的一套普通的两室一厅住房，在那时人们的眼中将是一座多么宏伟的宫殿啊！地球对于人类，已是一个现在无法想象的阔世界。也许你觉得这想法有些滑稽，但当所有人都是那么大时，女孩们就不会在身高上取笑你了。

这只是反向扩张的第一步，还不是真正的微观文明。考虑到文明的终极发展，这样的尺度缩小是远远不够的。为了给未来的超级文明创造一个充分广阔的空间，人类可能要把自己的个体缩减到细菌尺度！这个想法听起来疯狂，实现它仅靠基因工程是远远不够的，还需要更为复杂的技术，诸如纳米机械和其他许多我们现在还无法想象的技术，但与超越光速和空间折叠相比，它至少没有违反已知的物理学基本定律。从原子级别考虑，细菌大小的物质所拥有的原子数量和每个原子拥有的量子状态，足以存贮和处理目前人的大脑中存贮和处理的全部信息。你可能还是觉得疯狂，但想想要是回到一百多年前，你把现在的一块P4芯片给人看，并告诉它这小玩意儿内包含的东西，你同样也会被关进疯人院。

一个由细菌尺度的个体构成的文明是什么样子？世界在他们眼中是什么样子？你可以自由地想象，很快会发现这种想象是让人心旷神的事。下面，只摘录拙作《微纪元》（一篇描写微文明的科幻小说）中的一段：

……他想象着当微人们第一次看到那棵顶天立地的绿色小草时的狂喜。那么一小片草地呢？一小片草地对微人意味着什么？一个草原！一个草原又意味着什么？那是微人的一个绿色的宇宙了！草原中的小溪呢？当微人们站在草根下看着清澈的小溪时，那在他们眼中是何等壮丽的奇观啊！地球领袖说过会下雨，会下雨就会有草原，就会有小溪的！还一定会有树，天啊，树！先行者想象一支微人探险队，从一棵树的根部出发开始他们漫长而奇妙的旅程，每一片树叶，对他们来说都是一个一望无际的绿色平原……还会有蝴蝶，它的双翅是微人眼中横贯天空的彩云；还会有鸟，每一声啼鸣在微人耳中都是一声来自宇宙的洪钟……

  科学家们总倾向于从宏观文明的角度来推测可能存在的外星文明的行为和迹象，如一个著名的假设：星际文明发展到了一定的程度，它必然会最大限度地利用所在恒星的能量，其结果是，它们的世界可能是围绕着恒星的环带状，甚至把恒星整个包裹起来！通过寻找显现这类迹象的恒星，我们就可能发现外星文明。现在，让我们从微观文明的角度思考一下外星文明的存在：如果文明发展到了一定程度，它们必然会使自己微观化。这无助于我们对外星文明的寻找，却能说明我们为什么至今没有见到它们。一个微观文明向外界的能量发散（不管是有意的还是无意的）都必然很小，这便增加了我们探测它们的困难。想一想一个由细菌大小的个体组成的外星种族，就是聚集在你眼皮底下开奥运会，你也不可能觉察到它们的存在。

  但微观化并非文明发展的终极，超级文明最终有可能如克拉克在《2001：太空奥德赛》中描述的那样："把自己的存在凝固于光的点阵中。"这样的文明已彻底摆脱了宏观和微观的概念，如果愿意，他们可缩为一个原子那样小，或扩展为一个星系那么大。对文明的这种终极推测越来越多地出现于科幻小说中，获本届星云奖的美国科幻小说《引力深井》就是描写遥远未来的一个呈力场和辐射状态的人类文明；甚至这种推测也出现在科学家严肃的思考中，如保尔·戴维斯的科普著作《宇宙最后三分钟》就是这方面的杰作。但对我们来说，这样的文明已经更多地具有哲学的甚至玄学的色彩了，相比之下，刚才你还觉得无比玄虚的微观文明倒变得实在了许多，更有一些可触摸的质感。

  我们可以设想另一种终极文明，比起那与神和幽灵无异的力场文明来，它具有的是无可比拟的宏伟壮丽，这就是最后宏观化的微观文明。微观文明向宇宙扩张的结果必然使自己的空间尺度再次宏观化，但这与大个体构成的原始宏观文明有质的不同，它是文明的又一次升华，是生命在宇宙间谱写的最宏伟壮丽的乐章！对这种文明，我只描述一幅图景，余下的你自己来想象：

  一只宏伟的星际船队驶入太阳系，它们的每艘飞船都有月球大小，但这些飞船却是由几千个细菌大小的宇航员驾驶的，他们聚在一起我们也只能用显微镜看到。

  对生命和文明在宇宙中的前景来说，任何想象都显得软弱无力。

远航！远航！

《科幻世界》2003年第5期

    这是借用一篇科幻小说的题目，作者是一名叫法默的美国人，描写哥伦布乘一艘装备着无线电的大船，在平面状的地球上航行的迷人故事。其实，科幻小说在精神上与大航海时代有密切联系，科幻小说家笔下的宇宙航行，就是海洋探险的三维翻版。一艘小小的飞船，像一粒飘浮在太空中的金属果壳，这是大多数科幻小说中星际航行的情景。

    但真实的恒星际航行可能是另一个样子，在那种航行中，行驶在广阔海洋上的将不是从利物浦或鹿特丹驶出的三桅帆船，而很可能是利物浦或鹿特丹本身。

    科幻小说中的宇宙航行大多是以某种超技术为基础的，即那些能在短时间内跨越光年级的距离的技术，比如超光速和空间跃迁等。目前，无论在理论上还是实验中，都没有一个被科学界普遍认可的对超光速可能性的证明，空间跃迁就更不用提了。科学和技术的力量是有目共睹的，但自然规律也有一个底线，不可能我们想要什么就有什么。很可能，当公元20000年到来的时候，爱因斯坦的相对论仍然有效，光速仍然不可超越，我们最强的动力仍然还是核聚变。但如果那时的人还是人，就一定会扬起了恒星际航行的风帆。

    那么，就让我们想象一下，在以现有的理论为基础，技术向前迈一两步的情况下，星际航行可能是什么样子。

    设想我们能将宇宙飞船的速度再提高两三百倍（相当惊人了），达到光速的百分之一，那么我们到达最近的恒星再返回需要一千年，如果飞船从宋朝出发，现在就快回来了。在这样长的时间里，像哥伦布那样带足淡水和粮食是不太可能的。当然，应该考虑到冬眠这个办法（这已经不算是超技术了），一艘小飞船载上两三个人，在冬眠中用五个世纪到达那里，看一看后再用同样的时间在冬眠中返回，倒是可以带足水和干粮（如果对保鲜要求不高的话）。

但这样的航行只限于探索,而人类宇宙航行的最终目的与大航海时代一样,是要在那些遥远的地方开辟新世界。在那遥远的星系,可没有用几个玻璃珠就能被哄骗着为我们干活儿的土著,要在那里建立一个新世界,无疑是要去很多人的。即使采用冬眠方式,在到达目的地后这些人也要醒来去开拓新疆域,在把那里的行星变得人类可以生存之前,他们还是要依靠飞船上的系统生活,而这个阶段可能长达几个世纪。一篇获本届星云奖提名的小说《航程中》就描述了这样的困境:一艘载有上百名乘员的宇宙飞船,飞向距太阳四十多光年的一颗恒星,计划在那里的行星上开辟一个人类新世界。全部航程需两个世纪,这期间飞船上的所有人员都处于冬眠状态。由于一次意外事件,一名乘员在飞船启航不久就苏醒了,而且无法再次进入冬眠,只能在飞船上孤独地度过自己的下半生。他又活了六十多年,吃掉了飞船上给养相当大的一部分,这些食物贮藏是为这些星际移民到达目的地后准备的,为此,这名孤独的人在死前留下了一封道歉信。其实,就是没有这位苏醒者,飞船上的给养又够这上百人维持多长时间?他们真的能在这么短的时间里把那个陌生的行星变得适合人类生存?这些作者并没有交代。所以,过去海上航船那种自带粮草的方式,可能只适合于太阳系内的航行,在恒星际航行中,飞船必须是一个自给自足的生态循环系统。

建造这样一个封闭的生态系统需要极其复杂精致的技艺,鲁宾逊的《冰柱之谜》的开始对此有生动的描写:

……它是最精彩的智力游戏之一,在很多方面很像象棋……我考虑得越多,越来越多的小问题就越想越严重,所有这些问题纠缠在一起,交织成一张巨大的、相互联系的因果网……而这一次,人们玩游戏是为了生存。

事实上,人类已经进行过这样的尝试,这就是1991年的生物圈二号工程。但那个人工生态系统不到一年时间就玩不转了,里面的科学家不得不走出来,由于过多地呼吸二氧化碳,他们一个个头昏脑涨,病恹恹的,像坐了一年地牢。更有甚者,后来还发现这项实验有作弊行为。

生物圈二号的失败有多种原因,其中很重要的一点就是:它不够大。"……只有像地球这样规模的生态系统,这样气势磅礴的生态循环,才能使生命万代不息。"(选自《流浪地球》)这也就决定了未来的恒星际航行飞船很可能是超大规模的。

提到超大规模宇宙航行,我们首先想到用整个行星作为宇宙飞船。这个想法固然宏伟,但也是最笨拙的一个。因为按照这个方案,绝大部分的推进能量都消耗在加速巨量的几乎是毫无用处的质量——行星内部的质量上，这些质量的唯一意义就是产生引力，而在薄壳容器状的飞船中，引力可以用旋转离心力来代替，既便捷又便宜，即使没有引力，飞船中的空气也不会丧失。

第二个方案自然是建造超巨型宇宙飞船。我们可能会想象如上海或纽约那样大的飞船，但考虑到飞船生态系统所需维持的漫长时间，肯定需要大量的植被和水体，这就意味着飞船可能必须造得更大，像克拉克笔下的拉玛一样成为一个小世界。建造这样的飞船恐怕又需要超技术了。我们知道，对于薄壳结构，体积越大就越脆弱。一个核桃是很结实的，但如果把它的直径放大十万倍，即使把壳的厚度也按比例放大，这个核桃怕是也难以在地球重力下保持完整。不错，科学家和工程师们早就在认真地设计同样庞大的太空城了，但飞船与太空城有一点很重要的不同：前者需要加速，这与那个大核桃需要承受重力是一回事。不管推进力的分布如何均匀，超巨型飞船总会有相当多的部分产生巨大的应力，在可能想象的技术范围里，这应力是任何材料都难以承受的。这个方案还犯了一个从事理智的风险事业时最大的忌讳：把所有的鸡蛋都放进了一个篮子，一旦遇到什么不可避免的灾难（这在太空中是很正常的），就全完了。

美国宇航员杰瑞.M.利宁杰曾出版过一本书，描写作者在和平号空间站上的经历，这本书是傲慢与偏见的范本，通篇充满了对俄罗斯宇航事业恶毒的诋毁和丑化，其中有这样一段记述：当亚特兰蒂斯号航天飞机与和平号对接后，航天飞机上优良的空气循环系统改善了和平号上恶劣的空气环境。这本来不能成为利宁杰贬低和平号的证据，因为和平号毕竟已经在太空独立运行了很长时间，航天飞机则刚升空几个小时。但由此受到启发，科学家们想到了超大规模宇宙航行的第三个方案：银河列车方案。设想一支庞大的船队，由数量巨大的常规尺寸的飞船组成，每艘飞船都有自己独立的生态循环系统和推进系统，可以独自进行航行。当然，这些飞船上的小生态系统受其规模限制，不可能长期运行。但在航行中，所有的飞船将组合为一个整体，飞船上的生态系统相互贯通，形成一个巨大的可以长期运行的总生态系统，同时，每一艘飞船都可以快速脱离组合体而成为独立的飞船，并可与其他飞船随意组合成新的大小不同的组合体。这样一旦遇到灾难，也只能伤及组合体的一小部分。特别值得一提的是，这种结构在星际战争中极为有利。这很像想象中的银河列车，区别在于每节车厢都可做车头，并且它也不是长条状，更有可能是球状或环状。对于超远程超长时间的世代航行，我们可以设想出一个"全息原则"，使得每艘个体飞船都能够在相当长的时间内承载所有的乘员，这就使安全系数达到最大。这样的组合体有可能达到一个行星的体积，但由于其蜂巢状的结构，质量要小得多。这种组合体的内部没有超巨型飞船那样广阔的空间，而是像一个庞大的迷宫。这些小生态系统如何相连，这无数个体飞船上的推进系统如何联合发挥作用，都是很复杂也很有魅力的技术课题，但从现有的技术方向看出去，这是最有可能实现的超大规模宇宙航行方案。

以上的宇宙航行之所以被称为超大规模，还有一个时间上的含义。这些巨大的飞船，可能要用上万年时间到达第一个恒星，而找到适合开发的带有行星的恒星，可能要几十万甚至上百万年，这可能完全改变宇宙航行的概念。对于地球来说，一次宇宙航行已经不是一个有始有终的过程，而成为漫长历史中始终存在的一个背景，那艘在太空深处跋涉的飞船，已经和它出发的世界本身一样成为永久的存在，成为人类在宇宙中的一个永远离去者的寄托。从飞船上说，经过漫长的岁月，宇航者们在与地球完全不同的环境中，可能沿着一条完全不同的方向进化。与一些科幻小说中的描写不同，地球不可能被完全遗忘，但在几百代人后，永恒的飘泊可能被认为是文明的一种最正常的状态，即使到达了一个能够生存的星系，他们也不会停下来，远航将成为星舰文明的终极目标。每当到达一个世界，他们就会利用那里的资源对船队进行修补和扩建，最后，这支船队可能达到令人难以想象的规模。

说到这里，我们有了超大规模宇宙航行的第四个方案：雪球方案。以上的三种方案都要消耗出发的世界中的巨量资源，对于那些一去不回的孩子，地球是否愿意付出那么多还是个疑问。但我们可以先建造一艘中等规模的飞船，使其中的生态系统可以维持到到达第一个较近的恒星，然后用那个星系的资源对船队进行补充和扩建，这个宇宙雪球就这样一站一站地滚下去，最终形成一个巨大的航行世界……打住吧，这又太科幻了些，今天我们只谈最有可能实现的科幻。

最绚丽的梦是那些有可能成为现实的梦，科幻之梦就是这样，尽管它的想象只有万分之一的可能变为现实，但比起魔幻的万分之零来还是无穷大。据现代物理学和生物学的推测，我们人类在宇宙中出现的概率可只有几亿分之一，但我们还是出现了，并且把许多看似缥缈的梦幻变成了现实。并且，我们上面的梦想，实现的可能性远大于万分之一，它们所需技术的理论基础已经具备，剩下的只是力气活儿而已。

"如果说那个原始人对宇宙的几分钟凝视是看到了一颗宝石，其后你们所谓的整个人类文明，不过是弯腰去拾它罢了。"（《朝闻道》）

重返伊甸园——科幻创作十年回顾

《南方文坛》
总第 130 期
2010 年 11 月

从事科幻创作已经十年有余，这期间一直感觉自己在坚守着最初的创作理念，走着一条直线，直到为写此文对自己的创作历程进行了一番回顾和总结，才发现这十年的路其实是很曲折的，更令我不安的是，自己在走向一个错误的方向。

从思维方式上，我的科幻创作大概可以分成三个阶段。

第一阶段：纯科幻阶段

那时，自己由一名科幻迷成为科幻小说作者，创作理念的最大特点是：对人和人的社会完全不感兴趣。按照传统的文学理念，对于一名小说作者，这点要么不可思议，要么大逆不道，但我的创作之路确实就是这样开始的。

那时创作的核心目标，可以引用当时自己的一篇文章中的一段话：科幻小说的成功，在很大程度上取决于其幻想的奇丽与震撼的程度，这可能也是科幻小说的读者们主要寻找的东西。问题是，这种幻想从什么地方才能找到？世界各个民族都用自己最大胆最绚丽的幻想来构筑自己的创世神话，但没有一个民族的创世神话如现代宇宙学的大爆炸理论那样壮丽，那样震撼人心；生命进化漫长的故事，其曲折和浪漫，也是上帝和女娲造人的故事所无法相比的。还有广义相对论诗一样的时空观，量子物理中精灵一样的微观世界，这些科学所创造的世界不但超出了我们的想象，而且超出了我们可能的想象。所以，科学是科幻小说力量的源泉。但科学之美同传统的文学之美有着完全不同的表现形式，科学的美感被禁锢在冷酷的方程式中，普通人需经过巨大的努力，才能窥她的一线光芒。而科幻小说，正是通向科学之美的一座桥梁，它把这种美从方程式中释放出来，展现在大众面前。

体现这种科幻理念的作品，是两篇很短的小说：《微观尽头》和《坍缩》，前者描写人类对基本粒子微观尽头的作用转而放大到宇宙尺度，后者描写宇宙由膨胀转为坍缩后时间倒流的现象。这是两篇很纯的科幻小说，可以说其中除了科幻构思外再没有其他东西。

这一时期的另外两篇重要小说是《梦之海》和《诗云》，笔者认为这是最能够反映自己深层特色的作品。这两个短中篇描述了两个十分空灵的世界，在那里，一切现实的束缚都被抛弃，只剩下在艺术和美的世界里的恣意游戏，只剩下宇宙尺度上的狂欢。

但这种创作是难以持久的。事实上，笔者在创作伊始就意识到科幻小说是大众文学，自己的科幻理念必须与读者的欣赏取向取得一定的平衡。在以纯科幻的方式写出上述几篇小说的同时，我已经在做着这种努力，具体体现在《鲸歌》和《带上她的眼睛》两个短篇上。但这两篇的完成只是对市场的一种被迫的妥协，特别是《鲸歌》，完全体现了通俗文学的精神，以故事为主体，在自己以后的创作中再也没有出现过类似的作品。

人和人的社会开始进入我的科幻世界，后来由被迫变成自觉，这就是本人科幻创作的第二个阶段。

第二阶段：人与自然的阶段

这期间，自己的科幻创作由对纯科幻意象的描写转而描述人与大自然的关系。这一阶段延续了很长时间，创作了本人已有作品中的大部分，我一直认为自己迄今为止最成功的作品都出自这一阶段。

这一阶段的代表作有短中篇《流浪地球》和《乡村教师》，长篇《球状闪电》和《三体》第一部。

在《流浪地球》中，第一次把宏观的大历史作为细节来描写，即本人后来总结的"宏细节",使得对历史的大框架叙述成为小说的主体,这是幻想文学独有的叙事模式,在描写现实的主流文学中是不可能出现的。

在《球状闪电》中,塑造了一个非人的科幻形象:球状闪电,并使其成为小说的核心形象。小说集中描写了这个科幻形象与传统的人的文学形象之间的相互作用。

在《三体》第一部中,则尝试以环境和种族整体作为文学形象,描写了拥有三个恒星的不稳定的世界和其中的文明种族,这个外星世界和种族都是作为整体形象描述的,在这样的参照系中,按传统模式描述的人类世界也凝缩为一个整体形象。

这一阶段的共同特点,就是同时描述两个截然不同的世界:一个是现实世界,灰色的,充满着尘世的喧嚣,为我们所熟悉;另一个是空灵的科幻世界,在最遥远的远方和最微小的尺度中,是我们永远无法到达的地方。这两个世界的接触和碰撞,它们强烈的反差,构成了故事的主体。与第一阶段相比,科幻的风筝虽然仍然飞得很高,但被拴在了坚实的大地上。

在这一阶段中,笔者对传统文学以人为本的核心理念进行了反思,发现"文学是人学"这句被奉为金科玉律的话并不确切。在文学史的大部分时间里,人类文学其实一直在描述人与大自然的关系,而不是人与人的关系。各民族古代神话中神的形象其实是宇宙的象征,而其中的人也不是真实历史意义上社会的人。文学成为人学,只描写社会意义上的人与人的关系,其实只是从文艺复兴以后开始的,这一阶段,在时间上只占全部文学史的十分之一左右。所以,传统文学给我的印象就是一场人类的超级自恋,文学需要超越自恋,最自觉做出这种努力的文学就是科幻文学,科幻文学描写的重点应该是人与大自然的关系,科幻给文学一个机会,可以让文学的目光再次宽阔起来。

遗憾的是,我自己并没有尽早看清这条道路,而是在另一条歧路上越走越远,目光从星空收回,变得越来越狭窄了。

第三阶段:社会实验阶段

这期间,我主要致力于对极端环境下人类行为和社会形态的描写。其实这一尝试早就开始了，最早的这类作品是长篇《超新星纪元》，但那时这样的创作并没有文学上的自觉性，只是由于科幻市场低迷，不得已写出相对于纯科幻而言比较边缘化的作品。后来的两个短篇：《赡养上帝》和《赡养人类》也属此列。

真正的转折源于一个发现，我看到了科幻文学的一个奇特的功能：现实世界中任何一种邪恶，都能在科幻中找到相应的世界设定，使其变成正当甚至正义的，反之亦然，科幻中的正与邪、善与恶，只有在相应的世界形象中才有意义。这个发现令我着迷，且沉溺于其中不能自拔，产生了一种邪恶的快感。

这种对社会实验的狂热，集中体现在《三体》系列的第二部《黑暗森林》中。在这部长篇里，笔者力图在导致人类文明彻底毁灭的大灾难的背景下，重新审视人类已有的价值和道德体系，并试图描述一个由无数文明构成的零道德的宇宙。在《黑暗森林》中，星空的自然属性被大大弱化了，代之以明显的社会属性。不同的文明在遥远的距离上呈点状的存在，并以此为单元建立了一个虚构的宇宙社会学。从本质上讲，《黑暗森林》所描述的已经不是人与自然的关系，而是一个宇宙大社会中人与人的关系，这无疑是对自己以前的科幻理念的一个颠覆。

当然，我并不认为自己已经背离了之前的科幻理念，《黑暗森林》中的宇宙社会，其零道德的结构和性质是由宇宙的自然属性决定的，具体说是宇宙间的超远距离决定的，所以在这部小说中，大自然仍是一个无所不在的文学形象。但回顾自己的创作历程，感觉这种趋势是不正确的。

如本文开始所述，科幻小说存在和发展的基础，是自然科学所提供的思想和故事资源，这也是科幻小说相对于其他文学体裁独有的优势，正因为如此，大自然已经成为科幻小说中永恒的文学形象，人与自然的关系也是永恒的主题。科幻中的宇宙或大自然永远是一个伊甸园，其中的人类总是处于懵懂之中，处于茫然、恐惧、好奇和敬畏中，在这种精神状态下面对大自然。科幻小说中的自然形象一旦被弱化，科幻文学便失去了灵魂，失去了存在的依据，变得与其他文学类型没有本质的区别。

在《三体》系列的第三部中，笔者试图重新找回大自然的形象，试图使其中的人类重新面对大自然而不是人本身。小说开始的描述仍是宇宙社会学层面上的，但社会学的推演却产生了自然科学的结果。本书还没有出版，所以我也不知道这种努力是否能够成功。

重返伊甸园的路是很难的，但我将努力走下去。

在科幻创作的十年中，对这一文学种类的其他方面也有了新的认识，这些认识的许多方面，与以前作为科幻迷对科幻的美好想象不同，是经过一个痛苦的过程才逐渐被自己接受的。

一个不得不承认的事实是：在所有的文学种类中，科幻小说可能是唯一一个具有时效性的，至少我所写的这种传统型科幻是这样。

要说明这一点，首先要注意到科幻文学的一个重要特性：现代神话性质。与我们想象的不同，古代神话在当时并非幻想文学，而是现实主义文学，因为对那些遥远时代的人们来说，神话是真实的，反映的就是现实，这也是古代神话与现代幻想文学最本质的区别。从这个意义上说，神话在现代早已消失。但现在有一个文学种类却或多或少地具有真正意义上的神话功能，这就是科幻。因为科幻文学是唯一在科学和理性时代能够给读者提供真实感的幻想文学，这种真实感是科幻魅力很重要的一个方面。科学幻想真实感的基础，是幻想中所依据的科学和技术。随着时间的推移，科幻中的科技有两种可能的结局：其一是幻想中的技术变成现实，科学预言被证明为真；其二是幻想中的科技被证伪。不论这两种情况中的哪一种出现，都会令相应的科幻小说的魅力大打折扣，前者会令小说变得平淡无奇，后者则使小说的幻想世界完全失去真实感。正是因为如此，科幻文学很难诞生真正意义上的经受时间考验的经典之作，即使那些被称为经典的老科幻，现在读起来也是遗憾多于震撼，大多只对铁杆科幻迷和专业人士有意义。

认识到这一点多少有些痛苦，但也为自己的创作找到了一个正确的心态。科幻文学的性质，决定了它的作品大部分只在现在闪耀，会很快过时被遗忘。但科幻应该不怕遗忘，作为一种创新的文学，它用不断涌现的新创造和新震撼来战胜遗忘，就像一场永恒的焰火，前面的刚成为灰烬，新的又飞升起来爆发出夺目的光焰。而要做到这点，就应永远保持青春的心态，使自己的想象力与时代同步。正如有人说的那样，科幻使人年轻。

这里要说明一下：以上提到的科幻小说和科幻文学，只是我自己在写和想写的那种科幻，那种以技术创意和科学想象为核心的科幻。科幻小说有许多种，它们之间的差别比科幻作为一个文学品种与其他文学类型的差别还要大。并不是所有的科幻作品都有时效性，有的科幻类型并不依赖于现代科学，它所创造的世界就有可能经受住时间的考验而成为经典。在国内，韩松的作品就是一个典型的例子。

十年来，对科幻文学的另一个认识是它所包含的精英思维。大多数的类型文学，如侦探、武侠、言情、惊悚等，都只关注于类型所限定的故事本身，它们的思维方式是大众化和草根化的，科幻可能是唯一一种带有精英思维的大众文学和类型文学，它对人类文明和大自然的各方面的思考，在深度和广度上甚至超过了主流文学。就国内科幻而言，尽管作者大多并非通常意义上的精英，但作品中的精英思维普遍存在。

精英思维对科幻文学本身并不完全是一件好事，至多好坏参半。是否存在精英思维并不是判定文学作品质量的标准，文学要做的是表现和感受，而不是思考。而精英思维也并不一定意味着思想的深刻，那只是一个特定阶层的思维方式而已。至少在国内，精英思维与大众思维已经渐行渐远，两者的思想方式和利益诉求已经变得很不相同，且差别越来越大。对两者的价值观判断已经超出本文的论题，但具体到科幻，它不是精英文学而是大众文学，科幻中的精英思维与它的草根读者群形成了尖锐的矛盾，这可能是科幻文学日益小众化最深层的原因。

从我本人的创作而言，我长期身处基层，对广大科幻读者所处的草根阶层有较多的了解，知道他们的对未来的渴望是什么样子，知道星空在他们眼中是怎样的色彩，自己的想象世界也比较容易与他们产生共鸣。十年来，我一直把自己当作科幻迷中的一员，以科幻迷的方式去思考，去感受，去创作，我自己的想象世界也是为科幻迷而建造。当然，对科幻创作而言，这并不是高层次的思维方式，这种科幻迷思维是我前进的最大动力，也是进入更高层次创作的最大障碍。但对我本人来说，这已经不可能改变。

自己的科幻之路上，一切都还在中途，在这里匆匆一回头，然后继续向前走吧。

2010 年 8 月 23 日于娘子关

第三章　获奖概况

2000 年

7月,《带上她的眼睛》获第十一届中国科幻小说银河奖一等奖。

2001 年

8月,《流浪地球》获第十二届中国科幻小说银河奖特等奖。

2002年

- 8月，第十三届中国科幻银河奖在成都郫县听江浦举行。

《全频带阻塞干扰》获第十三届中国科幻小说银河奖。

《乡村教师》《朝闻道》《吞食者》获读者提名奖。

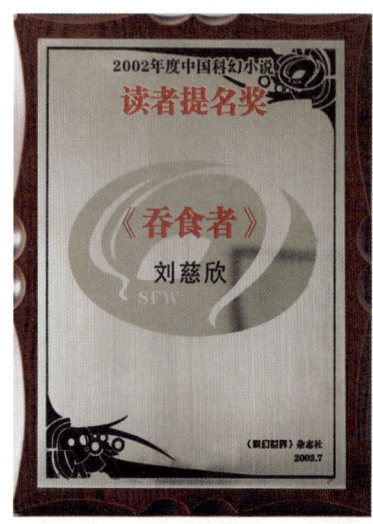

2003 年

《中国太阳》获第十四届中国科幻小说银河奖。

2004 年

7月，《地球大炮》获第十五届中国科幻银河奖。

获奖概况

- 《诗云》《思想者》获读者提名奖。

- 《海水高山》获东方少年系列文学大奖赛科幻作品奖一等奖。

2005年

- 4月，《镜子》获第十六届中国科幻银河奖。

《圆圆的肥皂泡》获读者提名奖。

2006年

4月,《赡养人类》获第十七届中国科幻银河奖。

2007年

8月,《三体》获第十八届中国科幻银河奖特别奖。

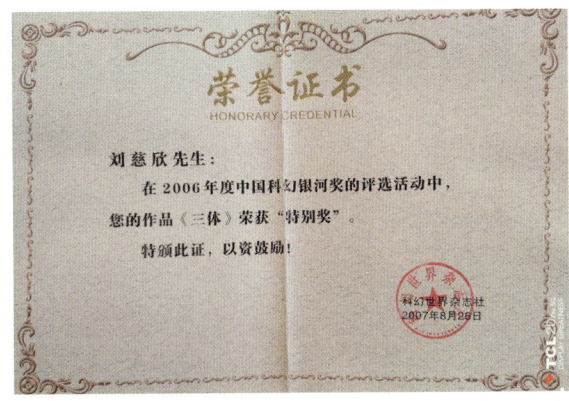

2009年

10月,《带上她的眼睛》被评为山西省10件公众喜爱的优秀科普作品。

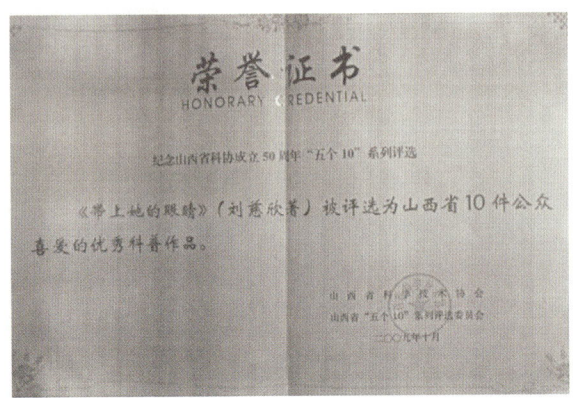

○----○ 12月，《流浪地球》获山西省首届五峰杯优秀科普作品一等奖。

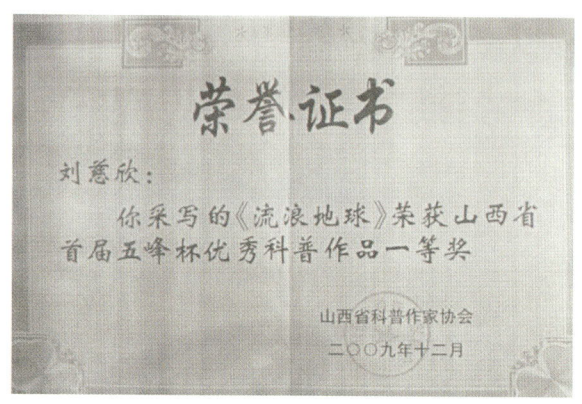

2010年

○----○ 8月，首届全球华语科幻星云奖最佳科幻／奇幻作家奖。

○----○ 8月，《三体》获首届全球华语科幻星云奖最佳科幻／奇幻剧目奖。

2011 年

○ 11月，《超新星纪元》获 2007—2009 年度赵树理文学奖儿童文学奖。

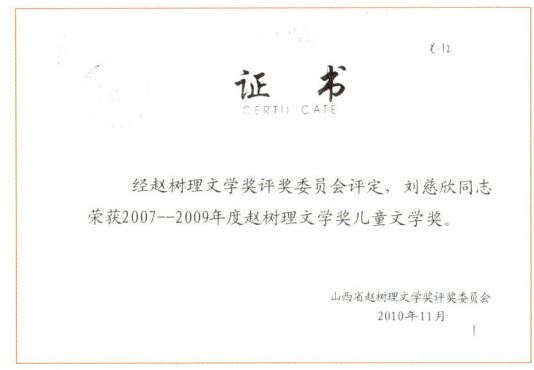

○ 8月，《三体Ⅲ·死神永生》获 2010 年度第二届中文幻想星空奖最佳中长篇小说奖。

○ 8月，2010 年度第二届中文幻想星空奖特别贡献奖。

○ 10月，《三体Ⅲ·死神永生》获第二十二届银河奖特别奖。

11月，《三体Ⅲ·死神永生》获第二届全球华语科幻星云奖最佳长篇科幻小说金奖。

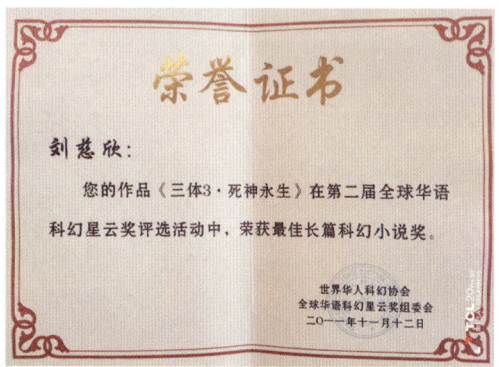

11月，获第二届全球华语科幻星云奖最佳科幻作家奖金奖。

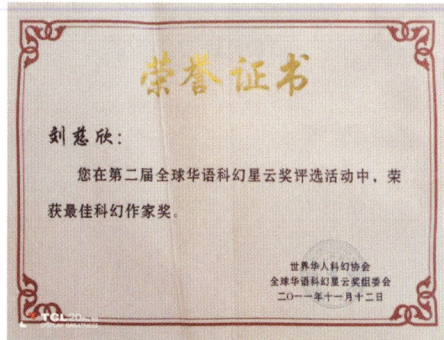

12月，《三体Ⅲ·死神永生》获《当代》杂志2011年度最佳长篇小说奖。

获奖概况

- 《三体》被《当代》长篇小说论坛评为"年度五佳"。

2012年

- 11月,《流浪地球——中国科幻星云奖奠基作品选》获第三届全球华语科幻星云奖最佳科幻图书奖银奖。

- 9月,《赡养上帝》获首届柔石小说奖短篇小说金奖。

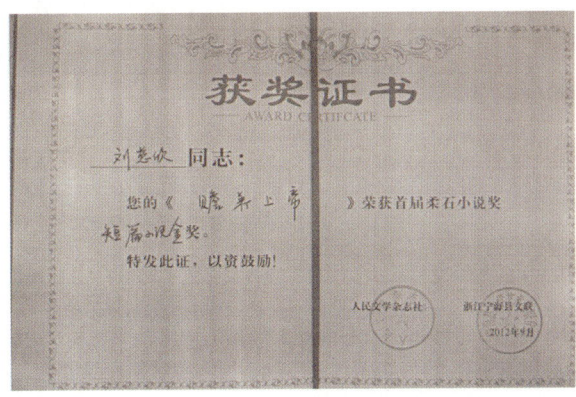

2013年

○ 3月,《三体》获首届西湖·类型文学双年奖金奖。

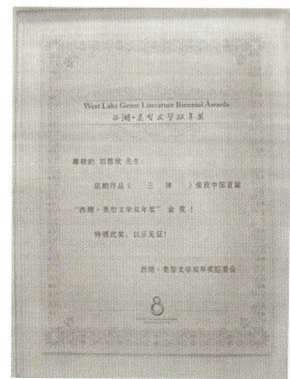

○ 9月,《三体Ⅲ·死神永生》获第九届全国优秀儿童文学奖科幻文学奖。

2015 年

- 12 月，获 2010—2012 年度赵树理文学奖荣誉奖。

- 8 月，《三体》获第七十三届雨果奖最佳长篇小说奖。

- 9 月，获第二十六届银河奖科幻功勋奖。

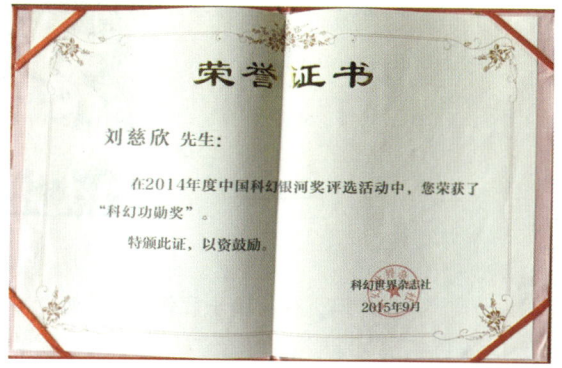

10月，第六届全球华语科幻星云奖授予组委会特别奖·华语科幻文学最高成就奖。

2016年

3月，获"影响世界华人"大奖。

4月，获"第十届作家榜金奖"年度致敬作家。

2017年

- 9月,《刘慈欣科幻短篇小说集》获第二十七届银河奖最佳原创图书奖。

- 《三体》(德语版)获 2017 库尔德·拉西茨奖最佳翻译小说奖。

- 《三体 III·死神永生》获 2017 轨迹奖最佳长篇科幻小说奖。

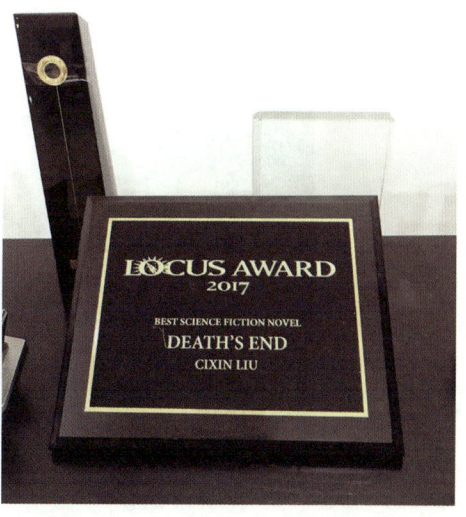

- 《三体》(西班牙语版)获凯文奖 2016 年度最佳国际科幻小说奖。

2018年

《三体》（意大利文版）获 2018 意大利科幻大奖最佳国际科幻小说奖。

11月8日，获阿瑟·克拉克基金会颁发的"想象力服务社会"奖。

2019年

- 7月,《圆》获日本第50届星云奖最佳海外短篇奖。

- 11月,获银河科幻名人堂·荣誉证书。

- 11月,《三体》(日文版)获日本第七届"图书日志"图书奖(Booklog Award)海外小说部门大奖。

- 11月,电影《流浪地球》获第32届中国电影金鸡奖最佳故事片。

- 12月,获2016—2018年度赵树理文学奖荣誉奖。

2020年

- 2月6日,《三体》(日文版)获 SF Magazine 2019 年度最佳科幻小说海外篇第一名。

- 8月,《三体》(日文版)获第 51 届日本星云赏最佳翻译小说奖。

- 9月,《刘慈欣科幻漫画系列:乡村教师》获第 17 届中国动漫金龙奖最佳剧情漫画奖金奖。

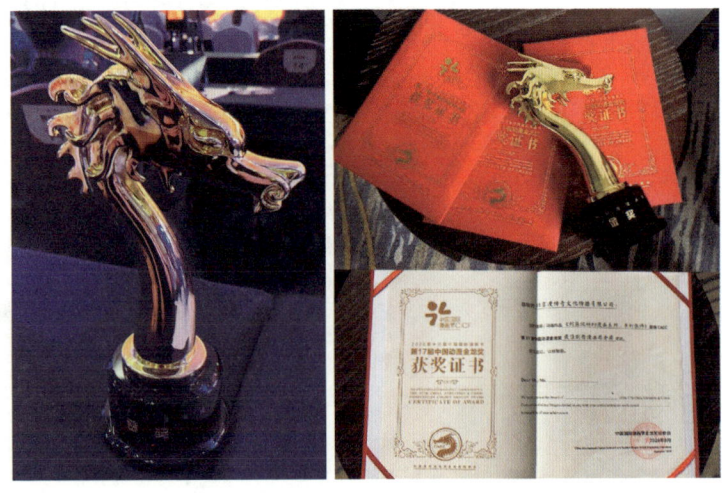

2021年

○ 7月,《三体Ⅱ·黑暗森林》获第 52 届日本星云奖海外长篇类（小说）奖。

○ 10月,《科幻的原力——〈交错的世界——世界科幻图史〉中文版序》获第十二届全球华语科幻星云奖评论奖银奖。

10月，《三体》三部曲获得由国家版权局联合世界知识产权组织举办的 2020 年中国版权金奖作品奖。

2022年

1月，获阳泉市"优秀人才突出贡献奖"。

国际入围奖项

- 《三体》获 2014 星云奖最佳长篇小说提名。

- 《三体》获 2014 雨果奖最佳长篇小说提名。

- 《三体》入围 2014 轨迹奖最佳长篇科幻小说奖。

- 《三体》入围 2014 普罗米修斯奖最佳小说奖。

- 《三体》入围 2014 约翰·W·坎贝尔纪念奖。

- 《赡养上帝》（西班牙语版）获得 2015 最佳外国短篇小说奖提名。

- 《三体》（法语版）入围 2017 年法国幻想大奖最佳翻译长篇奖。

- 《三体III·死神永生》（英语版）入围 2017 年第二届龙奖最佳科幻小说奖。

第四章　作品选集

刘慈欣创作年谱（1999—2022）

【个人作品集】

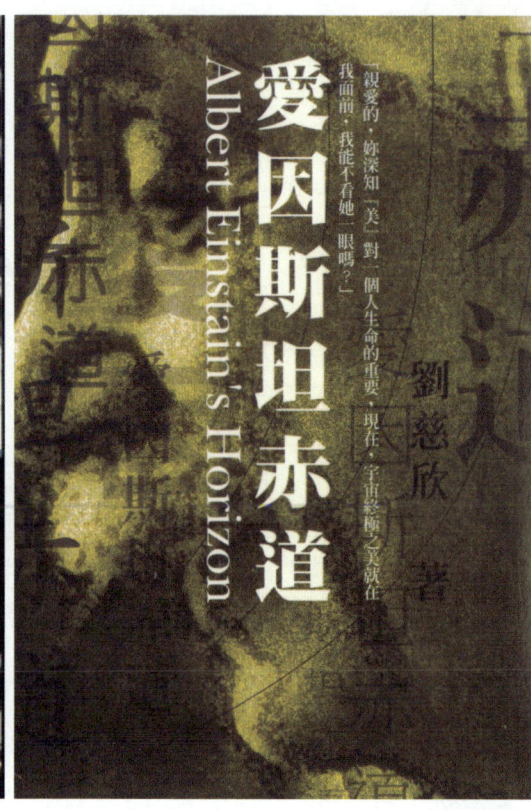

2003 年 1 月

《流浪地球》
天海文化事业有限公司

2003 年 5 月

《爱因斯坦赤道》
/《爱因斯坦赤道》《朝闻道》《带上她的眼睛》《混沌蝴蝶》《全频道阻塞干扰》
天海文化事业有限公司

2003

2003

作品选集

2004 年 6 月

《带上她的眼睛》
/《地火》《带上她的眼睛》《全频带阻塞干扰》《乡村教师》《中国太阳》《朝闻道》
人民文学出版社

2004 年 10 月

《带上她的眼睛》
/《流浪地球》《天使时代》《带上她的眼睛》《坍缩》《全频带阻塞干扰》《诗云》《梦之海》《混沌蝴蝶》《朝闻道》《人和吞食者》《光荣与梦想》
上海科学普及出版社

2004

2004

刘慈欣创作年谱（1999—2022）

2008 年 11 月

《流浪地球：刘慈欣获奖作品》

/《中国太阳》《乡村教师》《全频带阻塞干扰》
《流浪地球》《带上她的眼睛》《地球大炮》
《镜子》《赡养上帝》

长江文艺出版社

2008 年 11 月

《魔鬼积木·白垩纪往事》

/《白垩纪往事》《魔鬼积木》

长江文艺书版社

2008

2008

156

作品选集

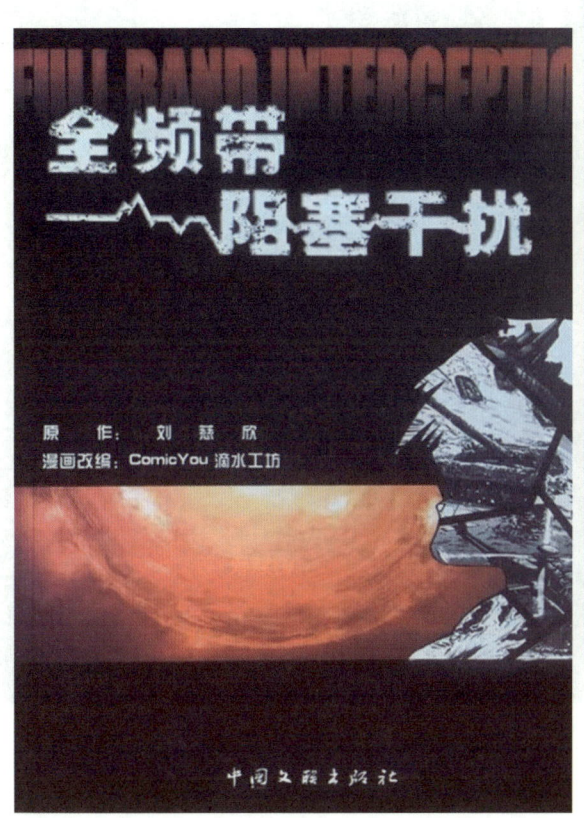

2010 年 1 月
《时光尽头》
/《2018 年 4 月 1 日》《朝闻道》《地火》《光荣与梦想》
《欢乐颂》《混沌蝴蝶》《鲸歌》《梦之海》
《人和吞食者》《人生》《山》《命运》
花山文艺出版社

2009 年 3 月
《全频带阻塞干扰》
中国文联出版社

2009   2010

刘慈欣创作年谱（1999—2022）

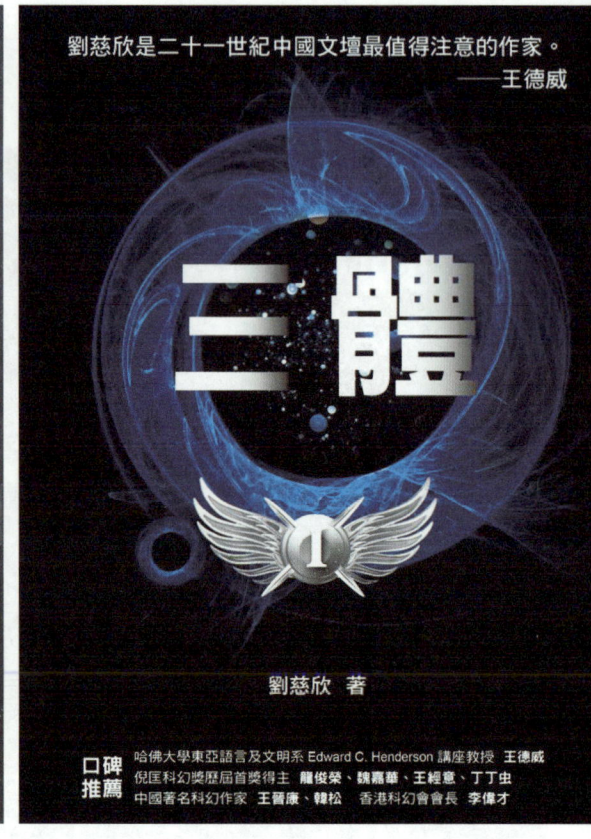

2010 年 4 月

《微纪元》
/《赡养人类》《圆圆的肥皂泡》《思想者》《微纪元》
《诗云》《时间移民》《微观尽头》《坍缩》《天使时代》
《纤维》《山》《信使》
沈阳出版社

2011 年 3 月

《三体I》（台湾版）
猫头鹰出版社

2010　　　　　　　　　　2011

作品选集

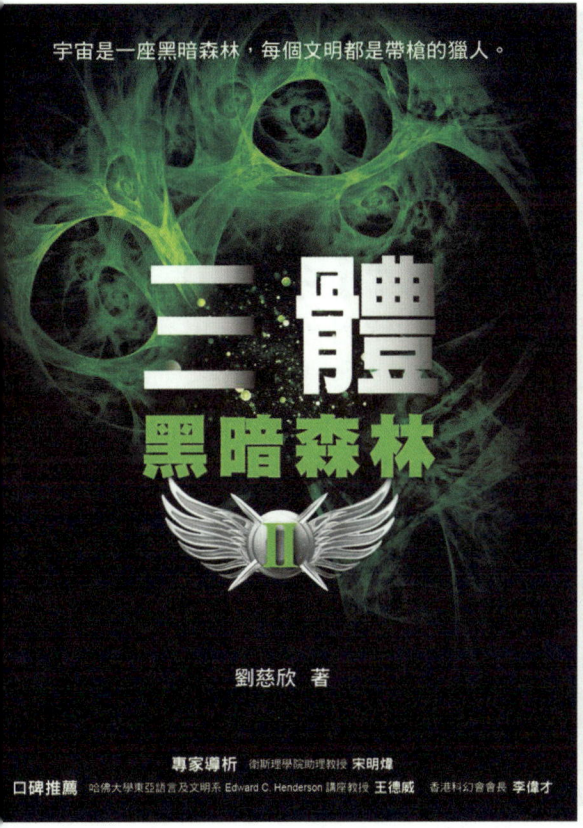

2011 年 4 月

《三体·黑暗森林》(台湾版)
猫头鹰出版社

2011 年 7 月

《三体·死神永生》(台湾版)
猫头鹰出版社

2011

2011

2012 年 8 月

《刘慈欣卷：天使时代》
/《天使时代》《鲸歌》《坍缩》《微纪元》《混沌蝴蝶》《梦之海》《人和吞食者》《光荣与梦想》《圆圆的肥皂泡》
人民邮电出版社

2012 年 9 月

《乡村教师：刘慈欣科幻自选集》
/《镜子》《流浪地球》《梦之海》《全频带阻塞干扰》《人和吞食者》《赡养人类》《赡养上帝》《诗云》《思想者》《坍缩》《微纪元》《乡村教师》《中国太阳》
长江文艺出版社

2012　　　　　　　　2012

作品选集

2014 年 1 月

《中国太阳》

/《中国太阳》《纤维》《微纪元》《山》《人和吞食者》

辽宁少年儿童出版社

2014 年 12 月

《时间移民》

/《坍缩》《西洋》《镜子》《朝闻道》《命运》《山》《时间移民》《思想者》《吞食者》《微纪元》《天使时代》《梦之海》《微观尽头》《欢乐颂》

江苏凤凰文艺出版社

2014

2014

2014 年 12 月

《2018》
/《2018 年》《赡养人类》《诗云》《地火》
《鲸歌》《白垩纪往事》《人生》《超新星纪元》
《圆圆的肥皂泡》《纤维》《信使》《混沌蝴蝶》
《光荣与梦想》
江苏凤凰文艺出版社

2015 年 2 月

《未来边缘——刘慈欣佳作选》
/《天使时代》《2018 年 4 月 1 日》《微纪元》
《赡养上帝》《命运》
山西书海传媒科技有限责任公司

2014

2015

作品选集

2015 年 6 月

《带上她的眼睛：刘慈欣科幻短篇小说集 I》
/《鲸歌》《微观尽头》《宇宙坍缩》《带上她的眼睛》《地火》《流浪地球》《乡村教师》《混沌蝴蝶》《微纪元》《全频带阻塞干扰》《纤维》《命运》《信使》《中国太阳》《朝闻道》《天使时代》《人和吞食者》
四川科学技术出版社

2015 年 6 月

《梦之海：刘慈欣科幻短篇小说集 II》
/《梦之海》《西洋》《诗云》《光荣与梦想》《地球大炮》《人生》《思想者》《圆圆的肥皂泡》《镜子》《赡养上帝》《欢乐颂》《赡养人类》《山》《太原之恋》《2018 年 4 月 1 日》《时间移民》《烧火工》《圆》
四川科学技术出版社

2015　　　　　　　　　　2015

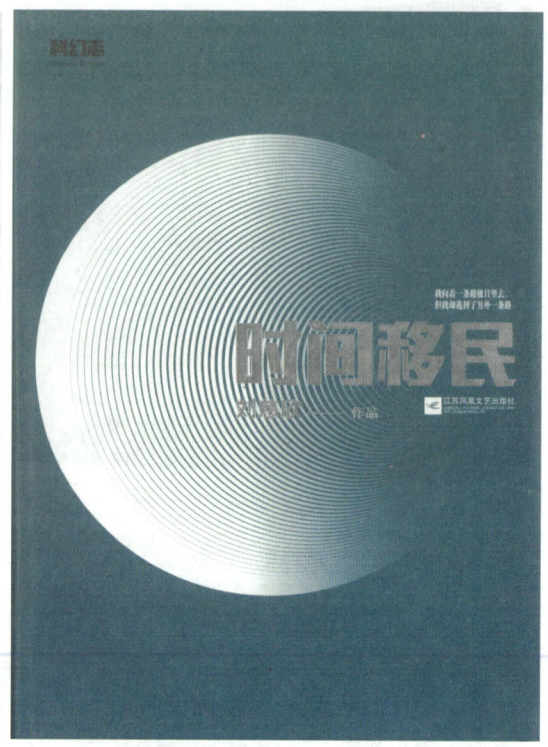

2015年6月

《鲸歌》
/《鲸歌》《圆圆的肥皂泡》《梦之海》
《命运》《山》
大连出版社

2015年7月

《时间移民》
/《坍缩》《西洋》《镜子》《朝闻道》《命运》
《山》《时间移民》《思想者》《吞食者》
《微纪元》《天使时代》《梦之海》《微观尽头》
《欢乐颂》
江苏凤凰文艺出版社

作品选集

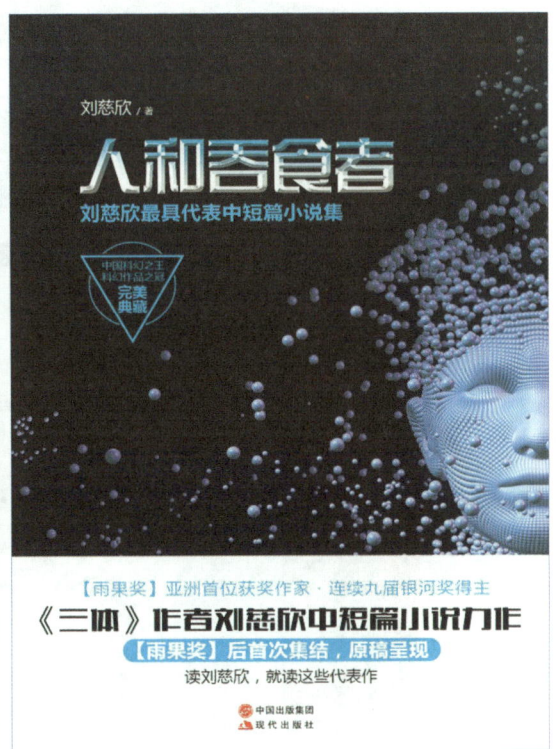

2015 年 12 月

《镜子》
/《镜子》《山》《诗云》《流浪地球》
《中国太阳》《带上她的眼睛》《地球大炮》《思想者》《朝闻道》《乡村教师》
中国工人出版社

2016 年 1 月

《人和吞食者》
/《赡养人类》《地球大炮》《人和吞食者》
《中国太阳》《全频带阻塞干扰》《流浪地球》
《带上她的眼睛》《命运》《赡养上帝》
《太原诅咒》《2018 年》《鲸歌》《微观尽头》
现代出版社

2015　　　　　　　　　　　2016

刘慈欣创作年谱（1999—2022）

2016 年 1 月

刘慈欣少年科幻科学小说系列（共 5 册）
/《爱因斯坦赤道》：《山》《思想者》《信使》《朝闻道》
《第三次拯救未来世界》：《圆圆的肥皂泡》《地火》《月夜》《微观尽头》《坍缩》《鲸歌》
《动物园里的救世主》：《白垩纪往事》《命运》《纤维》《梦之海》
《孤独的进化论》：《带上她的眼睛》《地球大炮》《乡村教师》
《十亿分之一的文明》：《人和吞食者》《诗云》《微纪元》
广西师范大学出版社

2016

作品选集

2016 年 1 月

《中国少年科幻之旅·中国太阳》
/《中国太阳》《纤维》《微纪元》《山》
《人和吞食者》
辽宁少年儿童出版社

2016 年 1 月

《中国少年科幻之旅·白垩纪往事》
/《白垩纪往事》《带上她的眼睛》
《流浪地球》《乡村教师》
《圆圆的肥皂泡》
辽宁少年儿童出版社

2016   2016

刘慈欣创作年谱（1999—2022）

2016 年 3 月

《蝴蝶》
/《混沌蝴蝶》《吞食者》《全频带阻塞干扰》
《地火》《梦之海》《赡养上帝》《赡养人类》
《微纪元》《天使时代》《超新星纪元》
中国工人出版社

2016 年 6 月

《流浪地球》
/《信使》《2018 年 4 月 1 日》《微观尽头》
《带上她的眼睛》《朝闻道》《混沌蝴蝶》
《地球大炮》《流浪地球》《微纪元》《命运》
《中国太阳》《全频带阻塞干扰》
中国华侨出版社

2016　　　　　　　　　　2016

作品选集

2016 年 7 月

《赡养人类》

/《地火》《鲸歌》《镜子》《人和吞食者》
《太原诅咒》《赡养上帝》《赡养人类》
《坍缩》《天使时代》《乡村教师》

中国华侨出版社

2016 年 8 月

《宇宙观察者：刘慈欣精选集》

/《三体外传》《2018 年 4 月 1 日》《白垩纪往事》《光荣与梦想》《欢乐颂》《混沌蝴蝶》《鲸歌》《镜子》《命运》《人和吞食者》《太原诅咒》《天使时代》《西洋》《纤维》《圆圆的肥皂泡》《信使》

希望出版社

2016　　　　　　　　2016

刘慈欣创作年谱（1999—2022）

2016年10月

《超新星纪元》

/《西洋》《思想者》《山》《超新星纪元》
《白垩纪往事》《圆圆的肥皂泡》《纤维》
《诗云》《梦之海》《光荣与梦想》
中国华侨出版社

2017年3月

《带上她的眼睛》

/《微观尽头》《带上她的眼睛》《流浪地球》
《乡村教师》《全频带阻塞干扰》《中国太阳》
《诗云》《思想者》《地球大炮》《镜子》
《赡养人类》《2018年》
长江文艺出版社

2016　　　　　　　　　　2017

作品选集

2017 年 3 月

《信使》
/《信使》《坍缩》《纤维》《西洋》《微观尽头》《2018 年》《命运》《光荣与梦想》《鲸歌》《太原诅咒》《圆圆的肥皂泡》《白垩纪往事》（短篇版）
中国工人出版社

2017 年 6 月

《流浪地球：刘慈欣获奖作品》（纪念珍藏版）
/《中国太阳》《乡村教师》《全频带阻塞干扰》《流浪地球》《带上她的眼睛》《地球大炮》《镜子》《赡养上帝》
长江文艺出版

2017　　　　　　　　　　2017

刘慈欣创作年谱（1999—2022）

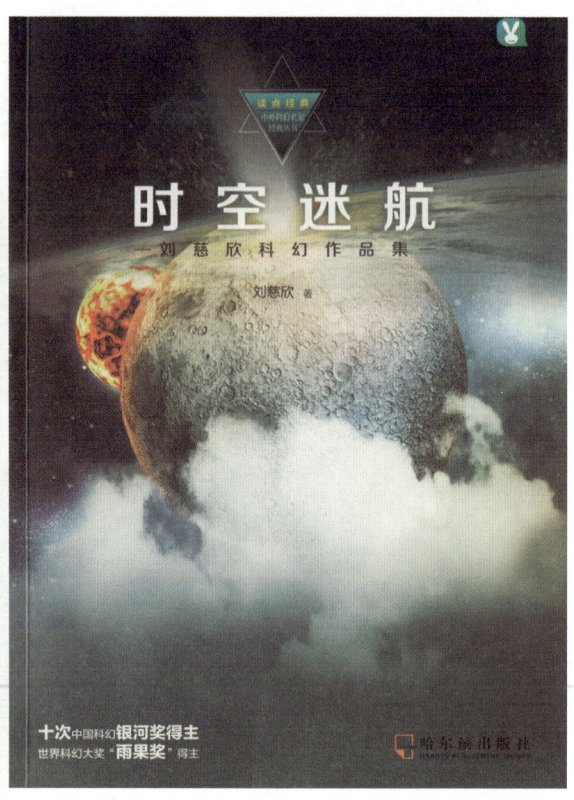

2018 年 1 月

《朝闻道》
/《带上她的眼睛》《朝闻道》《思想者》《中国太阳》《坍缩》《全频带阻塞干扰》
江苏凤凰文艺出版社

2018 年 4 月

《时空迷航：刘慈欣科幻作品集》
/《命运》《混沌蝴蝶》《信使》《2018 年 4 月 1 日》《人生》《光荣与梦想》《鲸歌》《太原诅咒》
哈尔滨出版社

2018　　　　　　　　　2018

172

作品选集

2018 年 5 月
《银火箭少年科幻系列：流浪地球》
/《超新星纪元》《流浪地球》《圆圆的肥皂泡》
《诗云》
浙江教育出版社

2018 年 8 月
《朝闻道》
/《朝闻道》《带上她的眼睛》《赡养上帝》
《乡村教师》《流浪地球》《诗云》《思想者》
《圆圆的肥皂泡》《中国太阳》
长江文艺出版社

2018　　　　　　　　　　2018

刘慈欣创作年谱（1999—2022）

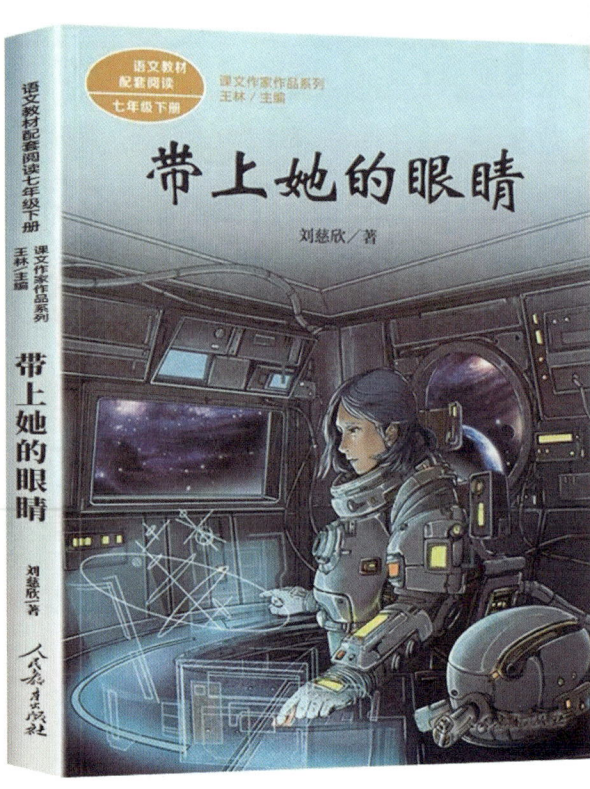

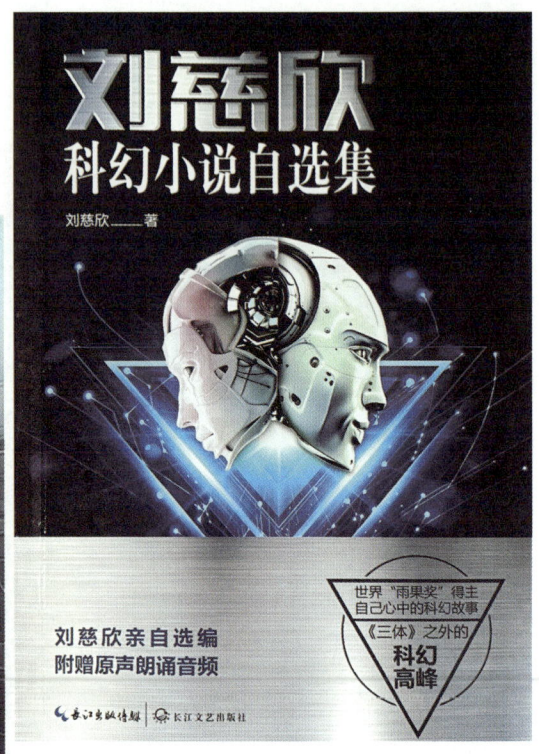

2018 年 10 月

《七年级下册：带上她的眼睛》
/《带上她的眼睛》《地球大炮》《流浪地球》《人和吞食者》
人民教育出版社

2018 年 10 月

《刘慈欣科幻小说自选集》
/《流浪地球》《微纪元》《超新星纪元》《山》《诗云》《梦之海》《朝闻道》《乡村教师》《全频带阻塞干扰》《人和吞食者》
长江文艺出版社

2018　　　　　　　2018

作品选集

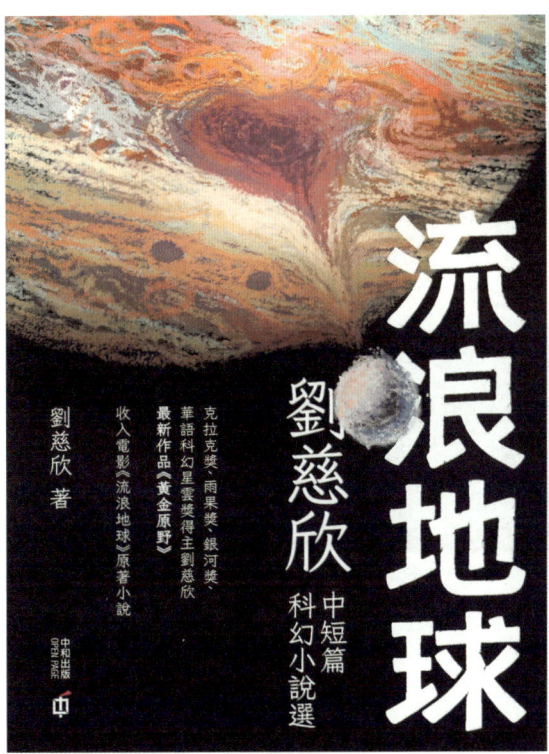

2019 年 1 月

《流浪地球：刘慈欣中短篇科幻小说选》
/《黄金原野》《流浪地球》《乡村教师》
《山》《朝闻道》《带上她的眼睛》
香港中和出版公司

2019 年 2 月

《流浪地球：刘慈欣短篇小说精选》
/《朝闻道》《山》《带上她的眼睛》《流浪地球》
《乡村教师》《微纪元》《中国太阳》《梦之海》
《时间移民》《镜子》《全频带阻塞干扰》
四川科学技术出版社

2019

2019

2019 年 5 月

《刘慈欣科幻经典系列：乡村教师》（绘本）
江苏凤凰美术出版社

作品选集

2019 年 5 月

《三体艺术插画集》
浙江人民美术出版社

2019 年 8 月

《超新星纪元》
/《超新星纪元》《圆圆的肥皂泡》
《带上她的眼睛》《人和吞食者》
北京少年儿童出版社

2019　　　　　　　　　　2019

刘慈欣创作年谱（1999—2022）

2019 年 11 月

《流浪地球：电影改编绘本》
接力出版社

2019 年 10 月

《朝闻道》
/《带上她的眼睛》《朝闻道》《思想者》
《中国太阳》《坍缩》《全频带阻塞干扰》
《诗云》
江苏凤凰文艺出版社

2019　　　　　　　　　　　2019

作品选集

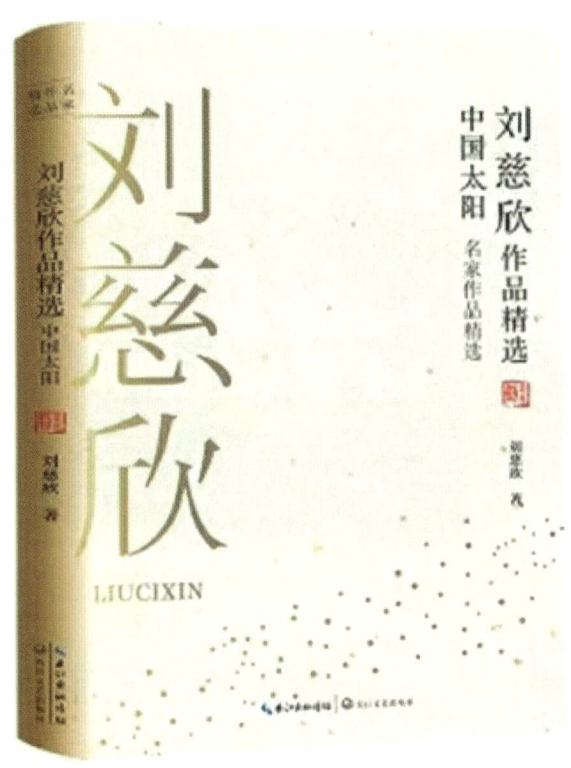

2019 年 11 月
《刘慈欣作品精选——中国太阳》
/《中国太阳》《乡村教师》《全频带阻塞干扰》
《流浪地球》《带上她的眼睛》《地球大炮》《镜子》
《赡养上帝》
长江文艺出版社

2020 年 1 月
《流浪地球——刘慈欣作品精选》
/《带上她的眼睛》《流浪地球》《乡村教师》
《朝闻道》《白垩纪往事》《吞食者》《诗云》
《山》《中国太阳》《地球大炮》《圆圆的肥皂泡》
《微纪元》
人民文学出版社

2019　　　　　2020

刘慈欣创作年谱（1999—2022）

2020 年 5 月
《刘慈欣科幻漫画》（第一辑）
/《流浪地球》《圆圆的肥皂泡》《梦之海》
《乡村教师》
中信出版集团

2020 年 6 月
《刘慈欣　白垩纪往事》
/《白垩纪往事》
《乡村教师》《地火》
北京少年儿童出版社

2020　　　　　　　　　　　　　2020

2020 年 7 月

《镜子》(绘本)
山东文艺出版社

刘慈欣创作年谱（1999—2022）

2020 年 7 月
《流浪地球》（上、下）（绘本）
山东文艺出版社

2020

2020 年 8 月
《三体》(图文版)
重庆出版社

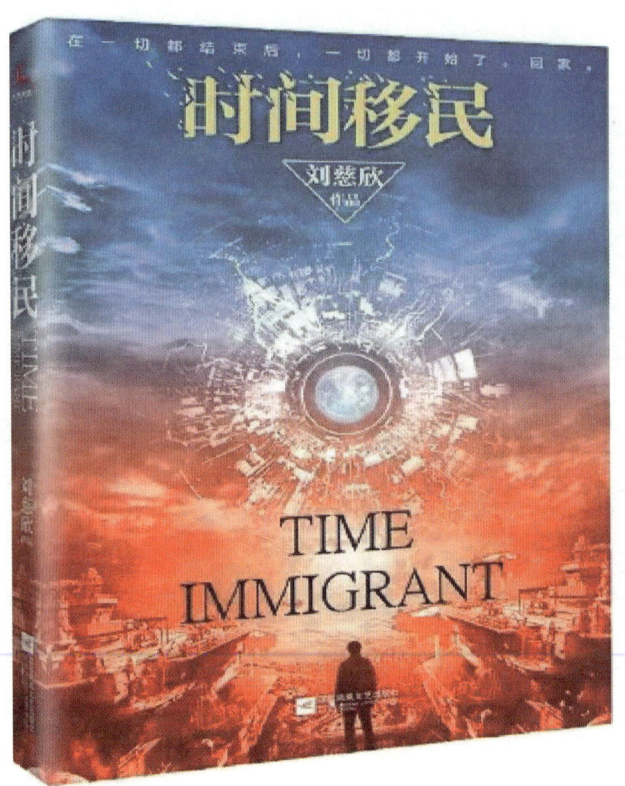

2021 年 3 月

《时间移民》
/《坍缩》《西洋》《朝闻道》《命运》《山》
《时间移民》《思想者》《吞食者》《微纪元》
《天使时代》《梦之海》《微观尽头》《欢乐颂》
江苏凤凰文艺出版社

2021

2021 年 5 月

《刘慈欣·少儿科幻系列》（共 6 册）

《流浪地球》：《流浪地球》《时间移民》《白垩纪往事》《带上她的眼睛》《纤维》

《全频带阻塞干扰》：《全频带阻塞干扰》《混沌蝴蝶》《圆圆的肥皂泡》《赡养上帝》《坍缩》

《超新星纪元》：《超新星纪元》《天使时代》《光荣与梦想》《信使》

《地球大炮》：《地球大炮》《朝闻道》《人和吞食者》《命运》《微观尽头》

《中国太阳》：《中国太阳》《地火》《乡村教师》《思想者》

《微纪元》：《微纪元》《梦之海》《诗云》《欢乐颂》《山》

科学普及出版社

2021

刘慈欣创作年谱（1999—2022）

2021 年 5 月

《白垩纪往事　魔鬼积木》
长江文艺出版社

《刘慈欣科幻漫画》（第二辑）
/《混沌蝴蝶》《吞食者》《圆》《赡养人类》
中信出版集团

2021 年 6 月

2021　　　　　　　　　　2021

作品选集

2021 年 7 月

《纤维》

/《流浪地球》《圆圆的肥皂泡》《纤维》
《微观尽头》《太原诅咒》《时间移民》
《镜子》《欢乐颂》《地球大炮》

山东教育出版社

2021 年 9 月

《刘慈欣科幻绘本》(共 3 册)

/《命运》《朝闻道》《乡村教师》

电子工业出版社

2021　　　　　　　　　　2021

2021 年 11 月

《刘慈欣科幻漫画系列》（第三辑）
/《山》《全频带阻塞干扰》《微纪元》《地球大炮》
中信出版集团

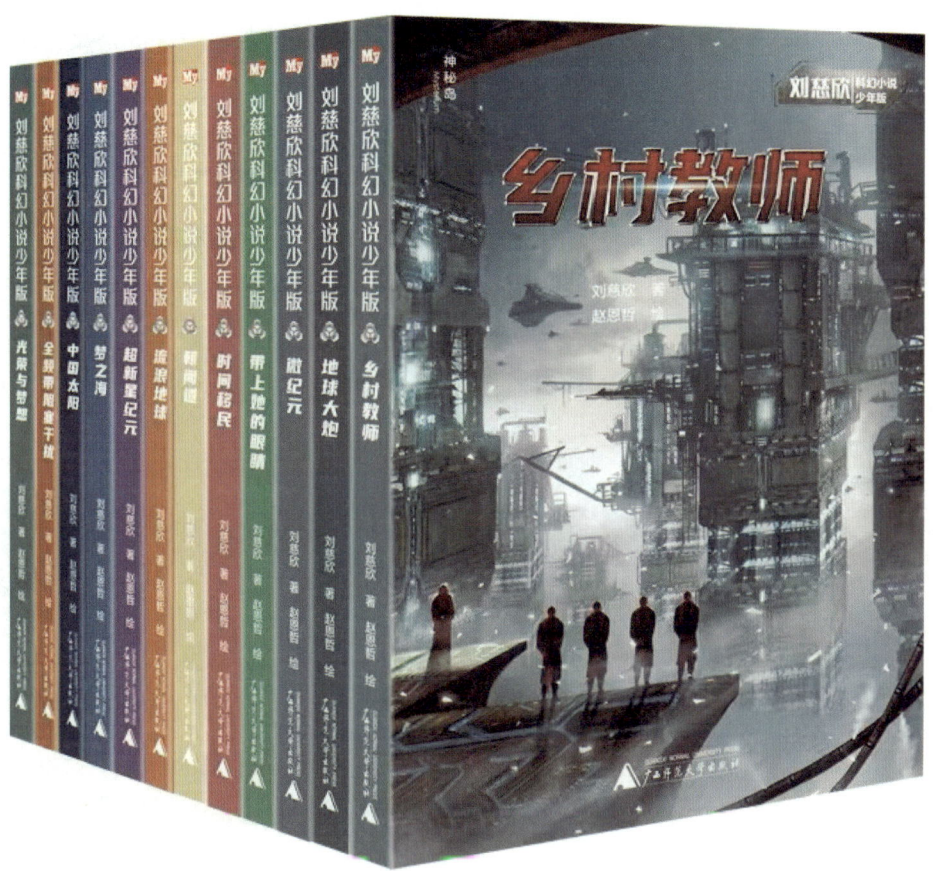

2022 年 4 月

《刘慈欣科幻小说》（少年版）（共 12 册）
/《乡村教师》《地球大炮》《微纪元》《带上她的眼睛》《时间移民》《朝闻道》《流浪地球》
《超新星纪元》《梦之海》《中国太阳》《全频带阻塞干扰》《光荣与梦想》
广西师范大学出版社

2022

2022 年 5 月

《刘慈欣中英双语科幻经典》（青少版）
/《中国太阳》《地球大炮》《全频带阻塞干扰》《微纪元》《流浪地球》《山》
《带上她的眼睛》《赡养人类》
浙江教育出版社

作品选集

2022 年 6 月

《刘慈欣中短篇科幻小说精选集》（中英双语版）（共 6 册）
/《带上她的眼睛》《流浪地球》《时间移民》
北京联合出版社

2022

刘慈欣创作年谱（1999—2022）

2022 年 7 月
《刘慈欣科幻漫画系列》（第四辑）
/《天使时代》《球状闪电》（上、下）
中信出版集团

2022

作品选集

2022 年 12 月
《三体》《三体·黑暗森林》《三体·死神永生》
重庆出版社

2022

刘慈欣创作年谱（1999—2022）

2022 年 12 月

《流浪地球》（彩插版）

中国科学技术出版社

2023 年 2 月

《三体》（漫画版）（共 10 册）

浙江文艺出版社

2022　　2023

2023 年 3 月

《三体》《三体·黑暗森林》《三体·死神永生》
猫头鹰出版社

2023

刘慈欣创作年谱（1999—2022）

【收录作品集】

2002 年 1 月

《2001 年度中国最佳科幻小说集》
/《全频带阻塞干扰》《乡村教师》《微纪元》
《西洋》
四川人民出版社

2011 年 12 月

《中国科幻星云奖奠基作品选：流浪地球》
人民邮电出版社

2002　　　　　　　　　　　　2011

作品选集

2012 年 9 月

《行星风暴：第二届全球华语科幻星云奖获奖作品集》

/《刘慈欣如是说》

百花文艺出版社

2013 年 6 月

《毁灭之城：地球碎块》

/《太原之恋》

新星出版社

2012　　　2013

刘慈欣创作年谱（1999—2022）

2015 年 4 月

《穹顶之下·末日卷》
/《吞食者》
长江出版社

2015 年 4 月

《穹顶之下·危机卷》
/《地火》
长江出版社

作品选集

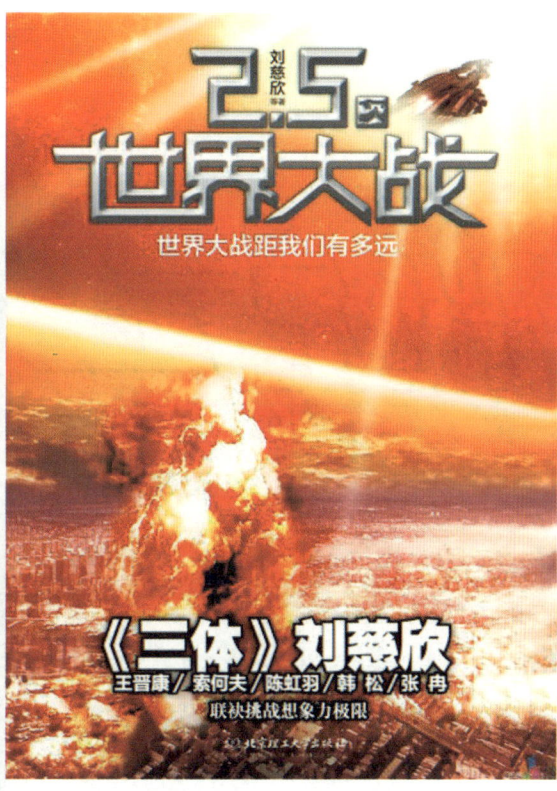

2015 年 8 月

《虫子的世界》
/《乡村教师》
北京理工大学出版社

2015 年 8 月

《2.5 次世界大战》
/《全频带阻塞干扰》
北京理工大学出版社

2015

2015

刘慈欣创作年谱（1999—2022）

2015 年 9 月

《微纪元》

/《微纪元》

北京理工大学出版社

2016 年 1 月

《吞噬地球》

/《人和吞食者》

北京理工大学出版社

2015　　　2016

作品选集

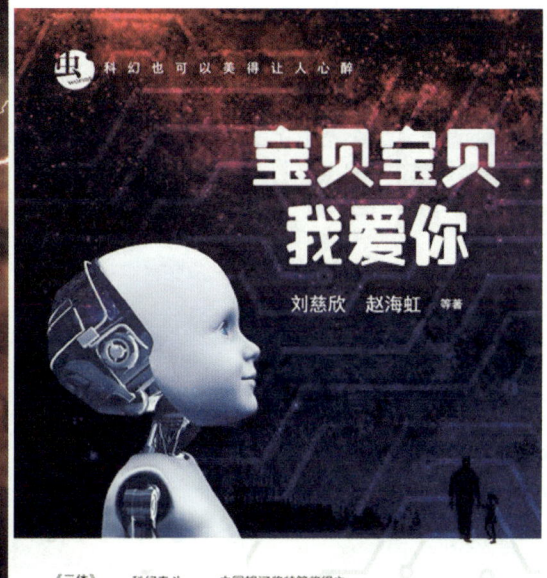

2016 年 1 月

《星际战争》

/《镜子》

北京联合出版公司

2016 年 5 月

《宝贝宝贝我爱你》

/《诗云》

北京理工大学出版社

2016   2016

刘慈欣创作年谱（1999—2022）

2016 年 5 月

《宇宙往事》
/《吞食者》《月夜》
北京联合出版公司

2016 年 8 月

《宇宙坍缩》
北京理工大学出版社

2016   2016

2016年11月

《生存实验》《星际远征》《变型战争》《流浪地球》
/《生存实验》:《乡村教师》《镜子》《微纪元》
　《星际远征》:《欢乐颂》《朝闻道》《诗云》
　《变型战争》:《太原之恋》《全频带阻塞干扰》《人生》
　《流浪地球》:《流浪地球》《人和吞食者》《地火》
万卷出版公司

2017 年 3 月

《星际争霸》
/《吞食者》
现代出版社

2017

作品选集

2017 年 6 月

《科幻中国 | 深空》(共 4 册)

/《深度撞击》:《朝闻道》《诗云》

《外面的宇宙》:《欢乐颂》

《战争变种》:《人和吞食者》《全频带阻塞干扰》《乡村教师》《宇宙坍缩》

《星际移民》:《流浪地球》

北京理工大学出版社

2017

刘慈欣创作年谱（1999—2022）

2017 年 6 月

《科幻中国 | 未来　末日浩劫》
/《微纪元》
北京理工大学出版社

2017 年 6 月

《科幻中国 | 未来　消失的未来》
/《人生》
北京理工大学出版社

2017

2017

作品选集

2017 年 6 月

《科幻中国 I 超脑　黑客横行》

/《太原之恋》

北京理工大学出版社

2017 年 6 月

《科幻中国 I 超脑　移魂有术》

/《地火》

北京理工大学出版社

2017

2017

刘慈欣创作年谱（1999—2022）

2018 年 6 月
《人类基地》
/《诗云》
沈阳出版社

2017 年 8 月
《水星播种》
/《山》
沈阳出版社

2017　　　　　　　　　　　2018

作品选集

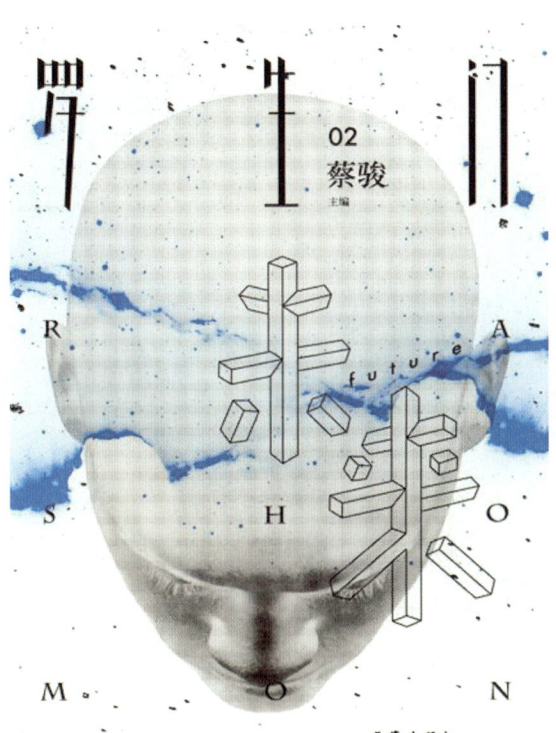

2018 年 8 月

《罗生门·未来》
/《一万和十万个地球》《我们需要的科幻》
《AI 种族的史前时代》
作家出版社

2018 年 10 月

《给孩子的科幻》
/《微纪元》
中信出版集团

2018

2018

刘慈欣创作年谱（1999—2022）

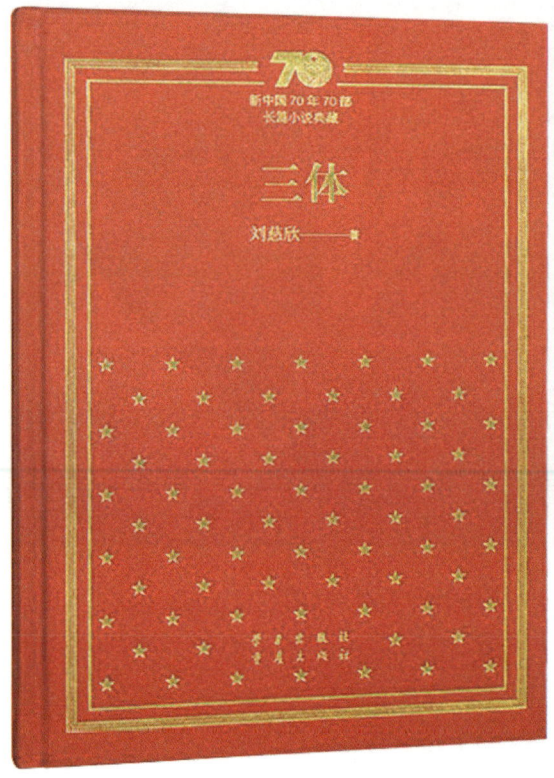

2019 年 1 月

《新中国 70 年 70 部长篇小说典藏：三体》
重庆出版社

2019 年 9 月

《水星播种》（珍藏版）
/《山》
沈阳出版社

作品选集

2020 年 7 月
《银河漫步》
/《中国太阳》
北京理工大学出版社

2020 年 7 月
《AI 觉醒》
/《太原之恋》
北京理工大学出版社

2020

2020

2020 年 7 月

《星球大战》
/《全频带阻塞干扰》
北京理工大学出版社

2020

2020 年 8 月
《科学家带你读科幻系列丛书》(共 8 册)
/《虚构的现实》《星球收割者》《另一个地球》《时空捕手》《万物互联》
《科幻桃花源》《生命播种者》《星球收割者》
少年儿童出版社

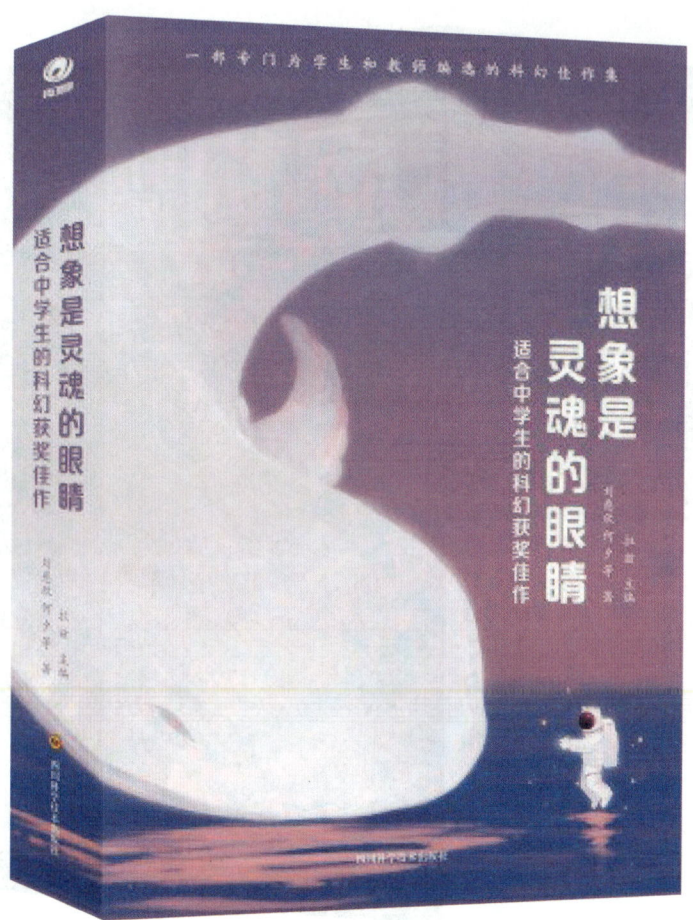

2020 年 9 月

《想象是灵魂的眼睛》
/《乡村教师》
四川科学技术出版社

2020

作品选集

2021 年 1 月

《意外之外：太阳火》
/《思想者》
化学工业出版社

2021

2021 年 3 月

《流浪地球》
/《流浪地球》《人和吞食者》《地火》
万卷出版公司

2021

作品选集

2022 年 3 月

《亿万宇宙》

/《时间移民》

北京理工大学出版社

2022 年 3 月

《乱纪元》

/《光荣与梦想》

北京理工大学出版社

2022   2022

刘慈欣创作年谱（1999—2022）

2022 年 3 月

《地球大炮》

/《地球大炮》《微纪元》

北京理工大学出版社

2022 年 4 月

《外星人手册》

/《梦之海》

北京理工大学出版社

2022　　　　　　　　　　　　2022

2022 年 7 月

《中国科幻名家典藏》(共 12 册)
/《朝闻道》《人生》《诗云》《宇宙坍缩》《欢乐颂》《镜子》《微纪元》《地火》《乡村教师》《太原之恋》《人和吞食者》《全频带阻塞干扰》

万卷出版公司

2022

【访谈 / 评论随笔集】

2014 年 3 月

《刘慈欣谈科幻》
湖北科学技术出版社

2015 年 12 月

《最糟的宇宙，最好的地球
——刘慈欣科幻评论随笔集》
四川科学技术出版社

2014　　　　　2015

作品选集

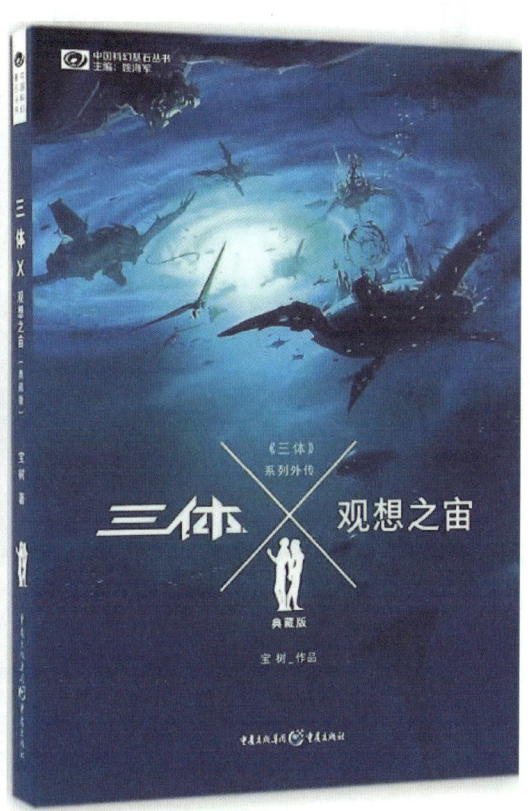

2016 年 1 月

《为什么是刘慈欣》
北岳文艺出版社

2016 年 8 月

《三体 X 观想之宙》
重庆出版社

2016　　　　2016

2018 年 6 月

《中国科幻的探索者——刘慈欣科幻小说精品赏析》（上、下册）
科学普及出版社

2018

作品选集

2018 年 8 月

《刘慈欣科幻小说与当代中国的文化状况》
社会科学文献出版社

2019 年 3 月

《〈流浪地球〉电影制作手记》
人民交通出版社

2018　　　　　　　　　　2019

刘慈欣创作年谱（1999—2022）

2019 年 5 月

《〈三体〉中的物理学》
湖南科学技术出版社

2019 年 5 月

《我是刘慈欣》
北岳文艺出版社

2019　　　　　　　　　　　　2019

作品选集

2019 年 8 月
《生命的深度：〈三体〉的哲学解读》
生活·读书·新知三联书店

2019 年 11 月
《〈三体〉秘密》
四川科学技术出版社

2019　　　　　　　　　　2019

2020 年 12 月
《从流浪地球到三体》
中译出版社

2020

作品选集

2021 年 10 月

《〈三体〉的思想世界》
郑州大学出版社

2022 年 7 月

《三体世界指南》
中国大百科全书出版社

2021　　　　　　　　　　2022

刘慈欣创作年谱（1999—2022）

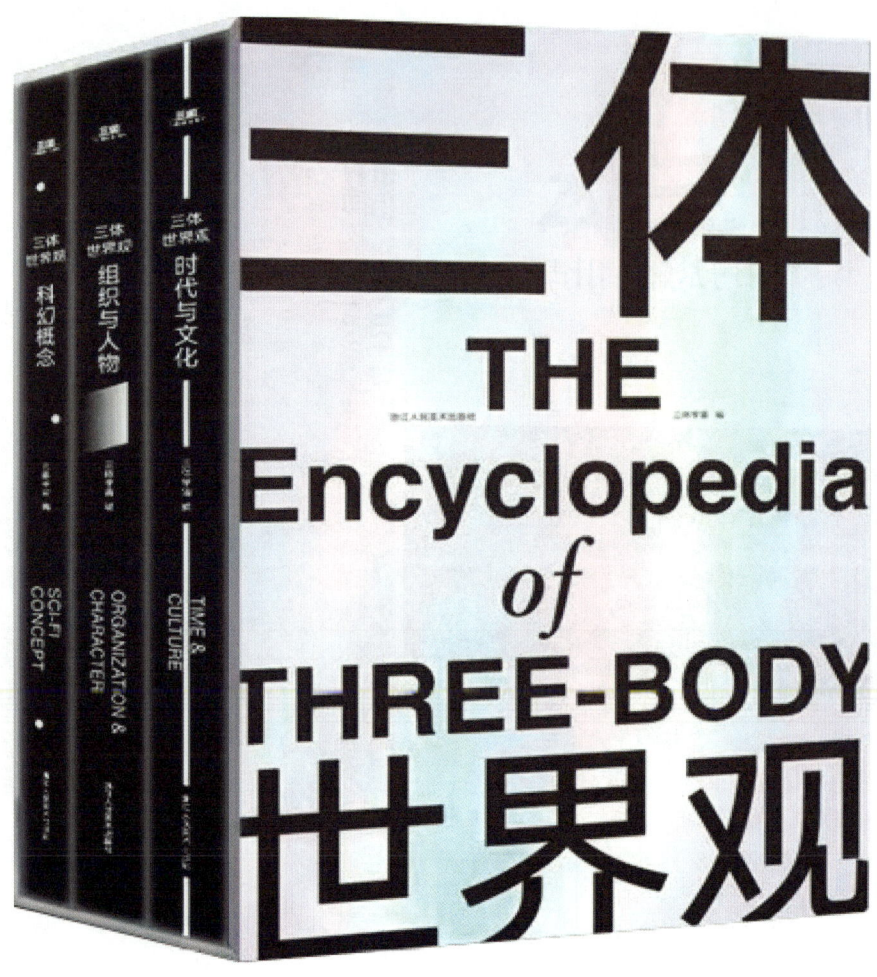

2022 年 10 月

《三体世界观》

浙江人民美术出版社

2022

作品选集

2022 年 12 月
《三体创意艺术图集》
国际文化出版公司

2022

第五章 活动日志

2022 年 11 月 16 日，由哔哩哔哩出品、BBC Studios（英国广播公司影业公司）制作的科学纪录片《未来漫游指南》上线哔哩哔哩，由刘慈欣担任讲述人。

2022 年 9 月 10 日，刘慈欣科幻漫画宇宙主题展在长沙谢子龙影像艺术馆正式开展。

2022 年 9 月 8 日，刘慈欣参加山西省作家协会党组书记深入阳泉市作家协会调研座谈会。

2022年9月7日，刘慈欣参加阳泉市文联第五次代表大会，被聘为阳泉市文联第五届委员会名誉主席。

2022年7月29日—8月3日，刘慈欣参加中国作家协会在湖南的考察调研。他讲道："我想尝试跟以前不一样的题材，拿出更多不一样的精品，让自己的文学事业更进一步。"中国作家协会主席团委员、山西省作家协会副主席刘慈欣正在学习生物学、宇宙学、信息科学等领域的科学理论，希望"从中挖掘产生一个令人满意的科幻创意，构思一个好的故事"。

2022年7月17日，刘慈欣参加刘慈欣创作研究工作室入驻"阳泉记忆·1947"文化园的揭牌仪式。

2022年6月28日,由四川省科学技术协会、四川省作家协会主办的"迎世界科幻大会,促想象力提升——首届四川省青少年科幻创作征集活动"在四川科技馆举行新闻通气会,刘慈欣通过视频为活动助阵。

2022年3月,《知识就是力量》杂志刊发文章《〈三体〉创作灵感哪里来,听刘慈欣怎么说?》《刘慈欣:科幻文学是科学与文学相结合的产物》。

2022年5月1日,央视纪录频道播出《中国想象力》科幻作家刘慈欣。

有人盛赞刘慈欣是"中国科幻第一人",他用一部《三体》打开了中国科幻小说的大门,单枪匹马把中国科幻文学提升至世界级水平,甚至一举到达巅峰。在刘慈欣2015年获得雨果奖后,中国科幻文学开启它的世界之旅。

2022年1月13日,刘慈欣参加阳泉市委人才工作会议,获得"优秀人才突出贡献奖"。

活动日志

2021年12月17日,《中国艺术报》刊发文章《科幻文学要关注全人类的命运——专访第十次全国作代会代表、山西省作协副主席刘慈欣》。

中国科幻文学想要更好地"走出去",需要站在更高、更广阔的视角,要摆脱个体狭窄的视野,要铸牢"人类命运共同体"意识,去关注、描写整个人类所共同面对的未来,探究人类的终极命运。——刘慈欣认为这是科幻小说创作者应有的视野。

2021年12月16日,中国作家协会第十届全国委员会第一次会议在北京举行,会议选出新一届领导机构。刘慈欣当选为主席团委员。

2021年11月30日—12月1日,央视科教频道《读书》栏目连续两期分享科幻小说《三体》。

2021年11月3日，由山西省作家协会、中译出版社共同主办的"推进新时代山西文学评论系列研讨会之一：吴言《从流浪地球到三体》作品研讨会"在太原举行。著名科幻作家刘慈欣发来视频讲话。

2021年11月，由著名科幻作家刘慈欣领航、著名科幻编辑刘维佳主编的《领航员少年科幻丛书》正式上市。《领航员少年科幻丛书》一套四册：《梦之海》《宇宙奇妙见闻》《柔软的星球》《裂变的木偶》。除了刘慈欣的名作加持与本人力荐外，该套丛书还选取了王晋康、何夕等一代名家的代表作品，江波、杨平、苏学军、罗隆翔、焦策等新生代科幻作家银河奖、星云奖的获奖作品，以及少年作者们的儒勒·凡尔纳奖的获奖作品。

2021年11月，《流浪地球——刘慈欣经典作品集》入选"2021年全国有声读物精品出版工程项目"。

活动日志

2021年11月，中国的科幻作品该如何走向世界？中国与西方科幻文学有何异同？就此，中新社独家专访刘慈欣，并发表文章《专访刘慈欣：中国科幻文学迎来黄金时代了吗？》

2021年10月25日，新华社发表专访文章《中国科幻呼唤更多更好原创内容——专访科幻作家刘慈欣》。

2021年10月23日，第十二届华语科幻星云嘉年华在重庆大剧院·国际时尚发布中心举办，刘慈欣出席并颁奖。

2021年10月23日，在第十二届华语科幻星云嘉年华活动中，著名科幻作家刘慈欣接受新华社记者专访时表示，当下中国科幻影视发展最欠缺人才和创意。

刘慈欣创作年谱（1999—2022）

2021年10月22日，2021儿童科幻大会在重庆大剧院举行，少儿科幻星云奖组委会主席刘慈欣致开幕辞。

2021年10月16日，第八届中国国际版权博览会在浙江杭州开幕。会上，世界知识产权组织与中国国家版权局联合举行了"2020中国版权金奖"颁奖仪式。《三体》三部曲、《攀登者》等6部作品获作品奖。

2021年9月28日，第十四届中国国际漫画节开幕式暨第十八届中国动漫金龙奖颁奖大会在广州举行。"最佳剧情漫画奖"金奖本届空缺，《刘慈欣科幻漫画系列：吞食者》与《流浪武汉2020》两部作品摘得银奖。

2021年7月，刘慈欣科幻漫画宇宙沉浸展在北京石景山游乐场全球首展。

活动日志

2021年7月9日,在2021世界人工智能大会商汤科技"大爱无疆·共生"主题论坛上,刘慈欣通过视频致辞,并表示将担任商汤科技科幻星球研究中心主任。

2021年6月,刘慈欣在WIRED杂志的采访中,分享了《三体》的创作心得,也谈到国外读者对自己的误解,还提到想登陆火星、通过冬眠抵达未来的愿望。

2021年1月25日,《山西晚报》报道:刘慈欣获得2021年阳泉十大"优秀人才突出贡献奖"。

2020年11月13日,刘慈欣参加网络科幻作家沙龙,和波兰编辑分享了自己的创作理念、经历和对波兰科幻文学的看法,以及最近的创作进度。

刘慈欣创作年谱（1999—2022）

2020年8月26日上午，"中国科幻文学创作及其影视转化"专题研讨会在中国纺织出版社有限公司隆重召开。著名科幻作家刘慈欣通过音视频的方式参加会议。

2020年，日本老牌科幻杂志《SFマガジン》（《SF杂志》）8月刊封面《信使》配图。

2020年第7期的《名作欣赏》杂志刊载了中国作协会员吴言对刘慈欣的访谈文章《吴言：星空的召唤——刘慈欣访谈》。

2020年7月29日—8月2日，第78届世界科幻大会在新西兰线上举行，刘慈欣在线为成都"申幻"送上祝福。

活动日志

东京时间2020年7月27日,刘慈欣以视频方式参加日本节目《世界SF作家会议》谈疫情。

2020年7月9日,日本《每日新闻》网站刊登刘慈欣《新冠疫情与外星人》访谈文章。

日本顶尖科普杂志《日经科学》2020年3月号是"《三体》的科学"专辑,刊发多篇与三体有关的科普文章,包括:《从科幻小说〈三体〉看天文学最前线:系外行星的先进异星文明》《〈三体〉里的量子通信可能吗?》《三体问题新进展:周期解的新猜想》《作者刘慈欣谈科幻与科学技术》。

2020年1月10日,由三体宇宙官方授权,上海尊安同恒文化创意发展有限公司主办,上海中心合作举办的"三体时空沉浸展"开幕式在上海中心展览馆盛大开启。刘慈欣出席仪式并为活动启幕。

2019年11月3日,中国科幻大会在北京园博园开幕,刘慈欣与其他6位中外嘉宾围绕"中国科幻,是否迎来了'黄金时代'?"展开对话。结合各自擅长的创作领域,共同交流互鉴,分享观点与经验,探讨和畅想美好未来。

2019年10月,刘慈欣参加在重庆举行的第10届全球华语科幻星云奖暨2019华语科幻电影超级盛典,获得华语科幻星云创始纪念币,并和董仁威向郭帆颁发科幻星云(特等功)勋章。

2019年10月13日,刘慈欣在日本埼玉大学,参加主题为"SF想象力与科学技术"的中日科幻作家对谈。

活动日志

2019年7月19日,山西省阳泉市赛鱼小学校长侯慧明、党支部书记白永红访刘慈欣。刘慈欣将他精心收藏的一幅肖像作品、《刘慈欣少儿科幻系列》丛书、电影《流浪地球》签名海报等物品赠予赛鱼小学,助力母校筹建"刘慈欣展览馆"。

2019年7月4日,《三体》(日文版)正式在日本开售,上市第一天,首印1万册全部告罄。加印10次,印刷数量达85000册。截至8月2日,《三体》(日文版)在日本一个月销量就突破了10万册。

2019年4月12日,由Lotus Lee未来戏剧工作室出品的大型多媒体舞台剧《三体·黑暗森林》在上汽·上海文化广场首演。

2019年4月9日,刘慈欣现身太原,在第十三届全民阅读论坛上与现场读者互动问答。

刘慈欣创作年谱（1999—2022）

2019年3月，央视网发表专访文章《刘慈欣：科幻小说让人拥有一个更开放的头脑》。

2019年2月27日，央视电影频道《中国电影报道》栏目播放《刘慈欣：外星人是一面折射人类的镜子》的采访报道。

2019年2月25日，《山西晚报》封面人物为刘慈欣和宁浩，并刊发文章《科幻作家刘慈欣：你的想象就是全宇宙》。

2019年2月18日，好莱坞导演詹姆斯·卡梅隆来到北京，与中国科幻作家刘慈欣进行对谈。

244

活动日志

2019年2月17日，山西太原，刘慈欣和导演宁浩一同参加《疯狂的外星人》影迷见面会。

2019年2月，凤凰网娱乐专访吴京、刘慈欣。

2019年2月，掌阅旗下的文化类专访短视频栏目《阅界》第二季，首期对话刘慈欣。

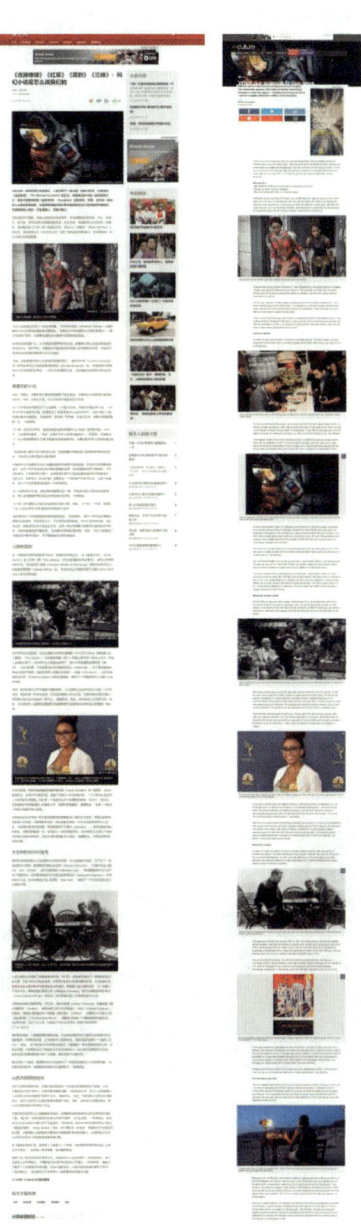

2019年1月13日，BBC（英国广播公司）英伦网发表文章《〈流浪地球〉〈红星〉〈黑豹〉〈三体〉：科幻小说是怎么说我们的》。

刘慈欣创作年谱（1999—2022）

2019年第4期《环球人物》杂志封面人物为刘慈欣。

2018年岁末，电影《流浪地球》举行全国路演，原著作者兼监制刘慈欣、导演郭帆来到了"冰城"哈尔滨，与同学们近距离互动交流。

美国当地时间2018日11月8日晚8时15分，刘慈欣被授予2018年度克拉克想象力服务社会奖，表彰其在科幻小说创作领域做出的贡献。

2018年11月3日，2018科幻高峰论坛暨第九届全球华语科幻星云奖颁奖典礼在重庆举行，新华网专访刘慈欣，畅谈中国科幻的黄金时代。

活动日志

2018年10月16日,中国新闻网发表文章《对话作家刘慈欣:梦想写作科幻版〈战争与和平〉》。

2018年10月,中国科幻小说家刘慈欣携《三体·黑暗森林》(德文版)亮相法兰克福国际书展。

2018年9月18日,世界公众科学素质促进大会的"科幻在促进公众科学素质中的先锋价值"专题讨论在北京中国科技馆举行,中国著名科幻作家、2015年雨果奖得主刘慈欣登台参加讨论,与现场观众一起聊科幻。

2018年8月22日，刘慈欣亮相第十六届北京国际图书节名家大讲堂。

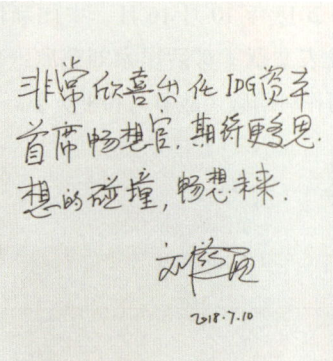

2018年7月12日，IDG（IDG技术创业投资基金）资本宣布，正式聘请著名科幻作家刘慈欣担任IDG资本"首席畅想官"。

2018年5月18日，"银河英雄纪念奖"颁奖典礼暨中日科幻文学巅峰论坛在北京举行，创作《银河英雄传说》的日本作家田中芳树与《三体》作者刘慈欣对话。

活动日志

2018年5月19日—20日，首届亚太科幻大会在北京举行。刘慈欣19日现身大会现场，在当晚参与这次大会颁奖环节前，接受了媒体群访。

2018年1月3日，《南方人物周刊》发表《三体》英文版译者刘宇昆的稿件《魅力人物 | 刘慈欣 三体，与不可思议的雨果奖》。

2017年12月19日，每经网发布专访文章《科幻作家刘慈欣：我和你们一样看不懂前沿物理论文》。

2017年11月29日，GES 2017未来教育大会活动现场，刘慈欣与奥巴马进行了首次会面。

2017年11月19日,阿里巴巴钉钉2017年秋季战略发布会在深圳召开。刘慈欣以远程视频的方式亮相,对钉钉展现的"未来工作方式"给予认可。

2017年11月10日,由中国科协主办,以"众创聚力 科幻未来"为主题的2017中国科幻大会正式启动。科幻作家刘慈欣、科幻译者李克勤、日本科幻作协主席藤井太洋(Taiyo Fujii)、第七十五届世界科幻大会副主席克利斯托·赫夫(Crystal Huff)、意大利科幻作家弗朗西斯科·沃尔索(Francesco Verso)、加拿大作家德里克·昆什肯(Derek Kunsken)齐聚蓉城,共同探讨科幻之于人类的构想与展望。

2017年8月15日,新华社发表文章《传统科幻小说难觅出路——访中国科幻作家刘慈欣》。

活动日志

2017年6月21日，全球首个航空主题乐园保利航空大世界与《三体》作者刘慈欣签约，刘慈欣担任保利航空大世界首席科学顾问。

2017年4月29日，刘慈欣登上央视节目《朗读者》，朗读《时间简史》节选。

2016年12月4日，刘慈欣和美国科幻小说家金·斯坦利·罗宾逊在北京启皓空间进行了一场主题为"科幻与现实的边界"的对话。

刘慈欣接受《欧洲时报》英国版独家专访。（欧洲时报实习记者游牧 摄）

2016年10月18日，《欧洲时报》发表文章《〈三体〉作者刘慈欣：拿到诺贝尔奖人生就毁了！》。

2016年10月15日,牛津大学专访刘慈欣。

2016年10月,刘慈欣携《三体》(德文版)亮相法兰克福书展,并在法兰克福孔子学院举行读者见面会。

2016年10月中旬,应欧洲多家出版商的邀请,刘慈欣踏上了英国、西班牙、德国的文学之旅,出席了包括媒体采访、图书签售、读者见面、伦敦文学节、国际书展等数十场活动。

2016年9月10日,"科幻·中国与世界"国际科幻高峰论坛暨第七届全球华语科幻星云奖开幕式在京举行,吸引了来自文学、电影、科技、游戏等科幻产业链的业内代表,共同探讨华语科幻发展大计。刘慈欣惊喜亮相开幕式。

活动日志

2016年4月24日，央视财经频道播出的《对话》栏目邀请到刘慈欣做客，为观众解读一本书的力量。

2016年4月23日，刘慈欣出席第十届作家榜颁奖盛典，荣获"第十届作家榜金奖·年度致敬作家"奖项。

2016年1月21日，澎湃新闻发布文章《刘慈欣访谈录：虚拟现实技术让人类文明变得越来越内向》。

2015年11月7日，在伊斯坦布尔图书展上，刘慈欣参加中土科幻科普出版机构座谈会等活动，并为土耳其读者签名。

刘慈欣创作年谱（1999—2022）

2015年10月18日，第六届全球华语科幻星云奖颁奖典礼在成都娇子剧院举行。现场除颁出12个科幻文学奖项，还颁出了华语科幻文学最高成就奖。该奖项由刘慈欣摘得，并被授予特级勋章。

2015年10月18日，央视新闻频道《面对面》栏目播放对刘慈欣的专访《刘慈欣：想象与现实》。

2015年9月26日，央视新闻频道《新闻直播间》栏目报道，第25届全国图书交易博览会上，刘慈欣《三体》引领"科普科幻"热。

2015年9月，刘慈欣参加第26届银河奖颁奖典礼。

活动日志

2015年9月14日，时任中共中央政治局委员、国家副主席李源潮在北京与刘慈欣等科普科幻创作者座谈。

2015年9月1日，刘慈欣受邀来到山西日报社，向编辑、记者们讲述他的想象构思、创作经历，与大家一起分享获奖的喜悦和人生的感悟。

2015年9月6日，《环球人物》（第24期，总第295期）刊发文章《刘慈欣的星际穿越》。

255

刘慈欣创作年谱（1999—2022）

2015年8月29日，央视新闻频道《新闻周刊》栏目播出本周人物"刘慈欣：三体"。

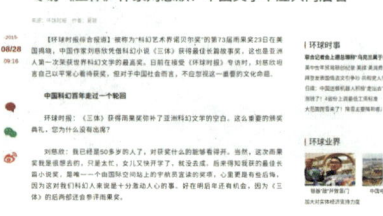

2015年8月28日，环球网发表文章《专访〈三体〉作家刘慈欣：中国文学不应只向后看》。

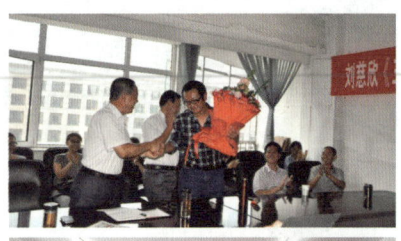

2015年8月28日，刘慈欣在山西省阳泉市文联参加雨果奖座谈会。

2015年6月28日，刘慈欣出席由雨枫书馆、科幻世界杂志社、北京晚报联合主办的"站在更高维上看《三体》"主题对话。

活动日志

2015年5月13日，澎湃新闻就曲速引擎和电磁驱动的问题采访著名科幻作家刘慈欣。

2015年4月12日，中国著名理论物理学家、科普作家李淼携新书《〈三体〉中的物理学》在广州以"站在更高维看《三体》"为题，与刘慈欣展开对谈。

2015年3月30日，刘慈欣亮相UP2015腾讯互动娱乐年度发布会，成为腾讯移动游戏想象力架构师。

2015年3月13日，《北京青年报》刊发访谈文章《刘慈欣：中国的科幻市场还没有启动》。

刘慈欣创作年谱（1999—2022）

2015年，《中学生天地》杂志发表采访文章《刘慈欣：我只是一步步实现了少年时代的理想》。

2015年1月31日，《新京报》刊发文章《科幻小说家刘慈欣：摸到光年的长度》。

2015年1月10日，由微像文化和《劲漫画》联合主办的刘慈欣"超新星纪元：从小说到漫画"对谈交流会在北京大学举行。

2014年，《三联生活周刊》第49期刊发访谈文章《刘慈欣：科幻小说与宇宙情怀》。

活动日志

2014年11月22日,《新京报》网站发表采访文章《刘慈欣:〈星际穿越〉如果是中国人拍的就会挨骂》。

2014年5月27日至28日,2014明道大会在上海浦东丽思卡尔顿酒店举行,本次大会主题为《再见,人口红利;你好,商业科技》。刘慈欣作为嘉宾出席。

2014年7月,财新网分期刊载了对刘慈欣的访谈《专访刘慈欣:他的创作和生活》。

2013年9月16日,《中国青年报》刊发文章《刘慈欣:科幻不应把科学技术妖魔化》。

刘慈欣创作年谱（1999—2022）

2013年4月7日，央视科教频道《读书》栏目播出"用科幻的眼睛看世界"，刘慈欣携科幻史诗巨著《三体》三部曲，讲述用科幻的眼睛看世界。

2013年4月，凤凰台《与梦想同行》栏目专访刘慈欣。

2013年3月31日，《钱江晚报》刊载关于刘慈欣的文章《独一无二的创意是我写作的精神支柱》。

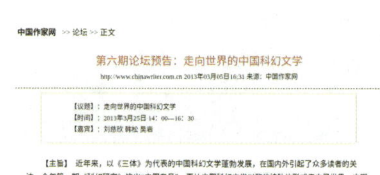

2013年3月25日，中国作家网举行主题为"走向世界的中国科幻文学"线上学术论坛，特邀科幻文学作家、评论家刘慈欣、吴岩、韩松，就中国科幻文学的创作现状及其在世界范围内的影响等问题与网友展开热烈讨论。

活动日志

2012年9月3日，央视综合频道《小崔说事》栏目邀请韩松、刘慈欣做客演播室，为大家讲述他们的科幻世界。

2012年4月16日，伦敦书展开幕。中国作为本次书展主宾国，有20位中国作家受邀参加书展中国项目的讲座活动。其间，刘慈欣在书展上接受英闻网专访。

2011年12月27日，《科学时报》刊载文章《刘慈欣：〈三体〉不是里程碑》。

2011年9月12日，《文汇报》发文《刘慈欣：科幻故事一生讲不完》。

刘慈欣创作年谱（1999—2022）

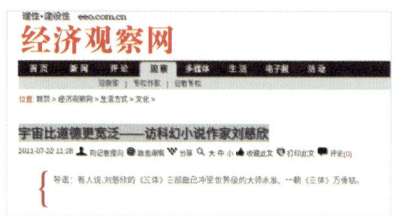

2011年7月，《经济观察报》发布访谈文章《宇宙比道德更宽泛——访科幻小说作家刘慈欣》。

《南方人物周刊》2011年第14期刊登文章《刘慈欣：让我们仰望星空吧》。

2011年4月，《新周刊》第346期刊登文章《刘慈欣：只有在科幻里，我才是个理想主义者》。

2010年12月，《中国青年报》采访刘慈欣并发文《一边柴米油盐一边星光灿烂》。

活动日志

2010年12月,《中国日报》(欧洲版)发表刘慈欣专访文章 What lies beyond。

2007年8月,2007中国(成都)国际科幻·奇幻大会召开,刘慈欣等嘉宾齐聚一堂。

后记

《刘慈欣创作年谱（1999—2022）》从开始筹备到最终出版，历时三年，刘慈欣文学院集全院之力，尽可能全面、系统地对刘慈欣的科幻文学作品以及相关资料进行了收集、整理、编撰，以便读者了解刘慈欣，了解他的科幻世界。

编撰《刘慈欣创作年谱（1999—2022）》一书，最为困难的是收集资料，通过网上搜索，查阅相关书籍等方式，发现信息非常琐碎，且更新很快，常常是整理好一份完整资料后，又在其他渠道发现未被收录的信息，再重新添加进去。为了保证信息的准确、严谨，我们将有关书刊尽可能购买回来，进行信息采集、核对之余，扫描封面和内文并收入书中，方便读者查阅印证。但这确实是一件费时费力的工作，遇到了很多困难。尤其在购买刘慈欣老师早年发表作品的《科幻世界》《科幻大王》等期刊时，因时间久远，渠道分散，网络信息也多有不准确之处，只能在各类旧书网不断刷新寻找，有时为了买到其中一期而购买整年的合订本。为此曾与出售旧书的商户交流颇多，请求帮忙寻找书源，同为文学爱好者，得到了许多帮助。另外，随着刘慈欣老师的影响力越来越大，新版作品层出不穷，为了保证年谱的详细完整，不断进行完善。但是外文版图书购买难度大，难免会有疏漏之处。

在排版之初，内容庞杂，体例格式较难定夺。经过多次与出版社沟通改稿，最终形成当前范式，用时间轴的形式对刘慈欣老师到 2022 年底的科幻文学历程进行直观展现，风格活泼，增加可读性，也不失学术严谨。

本书的出版，十分感谢刘慈欣老师提供的大量资料，感谢豆瓣网"刘慈欣小组"的真诚奉献，感谢北岳文艺出版社严谨细致的编辑，正是多方的共同努力，才使本书顺利出版，为中国科幻文学事业发展贡献一份微薄的力量。

尽管我们付出了不少努力，毕竟素养有限，力有不逮，加之各个进度节点的要求，目前的版本难免还有不足之处。这次的编写工作虽告一段落，但是对刘慈欣科幻文学的记录和研究还将长期坚持，我们以最大的诚意欢迎广大读者朋友批评指正。

图书在版编目（CIP）数据

刘慈欣创作年谱：1999—2022 / 刘慈欣文学院编著. —太原：北岳文艺出版社，2023.9

ISBN 978-7-5378-6760-3

Ⅰ.①刘… Ⅱ.①刘… Ⅲ.①刘慈欣—文学创作—1999-2022 Ⅳ.① I206.7

中国版本图书馆 CIP 数据核字（2023）第 147288 号

刘慈欣创作年谱（1999—2022）

刘慈欣文学院 / 编著

//

出品人
郭文礼

选题策划
古卫红
李向丽

责任编辑
李向丽

复审
古卫红

终审
郭文礼

装帧设计
张永文

印装监制
郭 勇

出版发行：山西出版传媒集团·北岳文艺出版社
地址：山西省太原市并州南路 57 号　邮编：030012
电话：0351-5628696（发行部）　0351-5628688（总编室）
传真：0351-5628680
经销商：新华书店
印刷装订：太原市长江孚来印刷制版有限公司

开本：787mm×1092mm　1/16
字数：244 千字（570 幅图）
印张：17.5
版次：2023 年 9 月第 1 版
印次：2023 年 9 月山西第 1 次印刷
书号：ISBN 978-7-5378-6760-3
定价：128.00 元

本书版权为本社独家所有，未经本社同意不得转载、摘编或复制

刘慈欣创作年谱（1999—2022）

主　编 / 王开英　王素琴　　副主编 / 张晓悦　赵海连　颜晓晨
撰　稿 / 张晓悦　赵海连　颜晓晨　冀幼农　尚丽仙　李素鹏　苏　文

出 品 人 / 郭文礼　　选题策划 / 古卫红　李向丽
责任编辑 / 李向丽　　复　审 / 古卫红　　终　审 / 郭文礼
装帧设计 / 张永文　　印装监制 / 郭　勇　　发行运营 / 赵　彤